HOMMAGE

POÉTIQUE

A. LA FAMILLE ROYALE,

SUIVI

DE QUELQUES POÉSIES DIVERSES.

HOMMAGE

POÉTIQUE

A LA FAMILLE ROYALE,

SUIVI

DE QUELQUES POÉSIES DIVERSES;

Par E.-F. BAZOT,

MEMBRE DE LA SOCIÉTÉ ROYALE ACADÉMIQUE DES SCIENCES
DE PARIS, DE L'ATHÉNÉE DES ARTS, DE L'ACADÉMIE
ROYALE DE MÂCON, etc. etc. ;

DÉDIÉ ET PRÉSENTÉ AU ROI.

PARIS,

PETIT, Libraire au Palais Royal, Galerie de Bois.

1816.

INTRODUCTION.

Le peuple adore un Roi que le ciel lui ramène.

VOLTAIRE, *Mérope.*

Lorsque je composai les premières pièces de l'*Hommage poétique à la Famille Royale*, la France belliqueuse ne soutenait plus une lutte dans laquelle, après la plus honorable résistance, elle avait succombé sous l'effort de vingt peuples réunis. Abattue, mais non anéantie, elle ne respirait plus que pour la paix qui renouvelle l'espèce humaine, épure les mœurs et conserve les états. Une guerre terrible avait cessé. Les vainqueurs se montraient généreux, et parlaient un langage que la nation pouvait entendre sans honte. Il dépend de la France, disaient-ils, d'assurer la paix de l'Europe ; qu'elle se donne un gouvernement sage, stable, qui offre une garantie aux Souverains alliés, et la France restera grande et forte : sa prépondérance politique importe à l'équilibre des états. De tels principes, une telle modération, des paroles si consolantes ranimèrent les cœurs, retrempèrent les esprits. Sauvons notre pays et redevenons justes, s'écrièrent à la fois les hommes qui pouvaient interpréter les sentimens de la nation. Sauvons notre pays et redevenons justes, répétèrent tous les Français. Aussitôt les regards se tournèrent vers une dynastie qui avait laissé d'illustres souvenirs, que de longues et augustes infortunes rendaient encore plus chère et plus sacrée. Louis XVIII, Prince non moins instruit que grand et sage, devient l'espoir de la patrie. On le nomme, on le proclame, on vole au-devant de ses pas... Et les promesses des Souverains alliés se réalisent. La paix est signée, les peuples ligués s'éloignent de la France, nul sacrifice pécuniaire ne nous est imposé, les plus beaux fruits de vingt ans de conquêtes, les chefs-d'œuvre des arts que ne pourraient payer les trésors des deux hémisphères, restent notre partage..... Malheureux et derniers mouvemens d'un parti qui succombe ! A peine avons-nous goûté quelques instans d'un repos salutaire embelli par les douces espérances d'un avenir tranquille, qu'un nouvel orage se forme et éclate presqu'aussitôt. L'étoile des Bourbons a disparu à nos yeux. La France, toujours guerrière, ressaisit les armes. Efforts dignes d'une meilleure cause ! chute affreuse et trop méritée ! désastres inouïs que prévoyait en vain un Prince magnanime... Mais la tempête a cessé. O ma patrie, sèche tes pleurs ; cette étoile, ton guide et ta consolation, reparaît ; elle brille du plus vif éclat ; Louis est de nouveau sur le trône de ses Ancêtres : les Bourbons n'en redescendront plus.

Leur retour a deux fois été célébré par les transports d'un peuple idolâtre. Deux fois j'ai mêlé ma voix à celles qui ont fait entendre les accens de la reconnaissance, de l'amour et de l'admiration; et, dans un *Hommage* dicté par le cœur, j'ai montré qu'un vrai français peut chérir et chanter ses Princes sans réveiller les haines, sans provoquer les vengeances.

DÉDICACE

AU ROI.

—

Souvent les modestes guirlandes
Que présente un mortel pieux,
Plus que les superbes offrandes
D'un sacrifice fastueux,
Attirent les faveurs des Dieux.
Prince, qui retracez ici-bas leur image,
Avec même indulgence accueillez cet hommage,
Humble prélude des concerts,
Par qui les Filles de mémoire
Vont répandre dans l'univers
Votre nom couronné de gloire.
Déjà mille talens divers,
Qu'a fait naître votre présence,
Au sein des doux loisirs, compagnons de la paix,
Dressent les monumens d'une reconnaissance
Qui chaque jour s'accroît par de nouveaux bienfaits.
Divisés d'intérêt, les peuples de la terre
Pour louer vos vertus n'ont qu'une seule voix :
Ainsi, lorsqu'Apollon rentra dans la carrière
D'où l'avaient éloigné de trop injustes lois,
Aux humains réjouis il rendit la lumière ;
Il fut le Dieu des arts et l'oracle des Rois.

ALLÉGORIE *

Sur la Restauration de l'Auguste Maison de Bourbon.

Sur la cime d'une montagne,
D'où l'œil séduit parcourt une riche campagne,
Un chêne antique et révéré
Elève sa tête chenue
Jusqu'au sein même de la nue,
Qui de l'arbre aux Dieux consacré,
Par sa vapeur humide et pure,
Nourrit l'éternelle verdure.
Soudain s'élance des enfers
L'affreux auteur des maux qui troublent l'univers ;
A sa voix d'horribles tempêtes
Soulèvent les profondes mers,
Et mille foudres toutes prêtes
Déchirent le voile des airs.
Vainement, respecté des âges,
Le chêne paraissait conjurer les orages.
Par l'amour des nombreux hameaux
Qu'il vit long-temps heureux sous ses vastes ombrages :
Jaloux de leur bonheur, les esprits infernaux
Sur cet arbre chéri dirigent le tonnerre,
Qui frappe et brise ses rameaux,
Et de tristes débris au loin couvre la terre.

---

* On a placé les pièces dans l'ordre où elles ont été composées.

Plus de vingt fois, hélas ! le printemps de retour
De verdure et de fleurs avait orné la plaine,
    Sans que le solitaire chêne
Prêtât son ombre aux jeux des peuples d'alentour.
Aux rayons d'un printemps de plus heureux présage,
Il reprend tout à coup sa force et sa fraîcheur ;
    Oubliant les glaces de l'âge,
Le vieillard attendri chante sous son ombrage :
    C'est encor l'arbre du bonheur.

VERS

A S. A. R. MONSIEUR,

FRÈRE DU ROI.

Prince, en vous revoyant, notre France attendrie
Croit renaître aux beaux jours de la chevalerie,
Où les mâles vertus aux aimables talens
S'unissaient sans effort chez les Français galans,
Et dévoilaient ainsi l'antique allégorie
De Vénus enlaçant ses myrthes délicats
Aux immortels lauriers, prix des nobles combats.
Premier gage des biens qu'enfin Dieu nous renvoie,
A votre auguste aspect, nous tressaillons de joie.
De chacun de vos traits un rayon de bonheur
Semble tomber sur nous et remplir notre cœur.
Cette fille du Ciel, qui, par un doux mystère,
Met sans cesse en rapport les mortels et les Dieux,
L'Espérance jamais ne montra sur la terre
  Un visage aussi gracieux.
Oui, ce modeste éclat qui suit votre personne,
Dont les yeux sont charmés et non point éblouis,
Annonce dignement le retour de Louis,
Qui par mille vertus a conquis sa couronne,
Et, l'olive à la main, va monter sur le trône.
Ainsi le doux aspect de l'astre du matin
Au laboureur promet un jour pur et serein,
Avant que le soleil, sortant du sein de l'onde,
Rende heureux l'univers par sa clarté féconde.

ODE.

Les Vertus de LOUIS XVIII.

———

Muses, dont la voix ne s'anime
Qu'au récit des sanglans combats,
Qui de fleurs parsemez l'abîme
Où Mars entraîne les états,
Ce n'est pas vous que je réclame :
Le vrai seul aujourd'hui m'enflamme
Et brille à mes yeux éclaircis.
Loin de moi votre affreux délire !
Je chante, aux accords de ma lyre,
Un Sage sur le trône assis.

Toi, qui d'une pure harmonie
Entends les concerts ravissans,
Inspire-moi, chaste Uranie,
Et daigne régler mes accens !
Dans une paix que rien n'altère,
Jusqu'à la plus sublime sphère
S'élève ton front radieux :
Ainsi, des passions humaines
Louis foulant aux pieds les chaînes,
Par ses vertus s'égale aux Dieux.

Du puissant combien la vengeance
Peut causer de maux à la fois !
A ce monstre imposer silence
Est le triomphe des grands Rois.

Octave, qui remplit l'histoire,
N'obtint de vrais droits à la gloire
Que lorsqu'il fit grâce à *Cinna;*
Mais, Louis, bien plus magnanime,
Armé d'un pouvoir légitime,
A mille ennemis pardonna.

Aux peuples trop souvent les Princes
Ont fait maudire leur retour :
Louis, parcourant ses provinces,
N'y laisse que des traits d'amour.
Roi philosophe et patriote,
Tandis qu'il peut vivre en despote,
Appuyé de cent Potentats,
De la puissance monarchique
Il restreint la limite antique
Pour le bonheur de ses états.

Le Ciel qui l'aime et qui l'éclaire,
Par son héroïque bonté,
Veut faire éclater sur la terre
Cette importante vérité :
Que régner sur l'humaine espèce,
Aux yeux de l'austère sagesse,
C'est en procurer le bonheur;
Et que de l'heureuse contrée,
Qui ceignit sa tête sacrée,
Le premier Roi fut le pasteur.

Grand Dieu, dont la main secourable
Releva le tróne des Lis,
Des bons Rois, auteur adorable,
Rends tous nos souhaits accomplis !

Quand Louis prépare à la France
Une nouvelle renaissance
-Par son empire sage et doux,
Pour achever ton propre ouvrage,
Souviens-toi de joindre à son âge
Les jours qu'il passa loin de nous.

STANCES

A S. A. R. MADAME,

DUCHESSE D'ANGOULÊME.

Idole des Français, leur ange tutélaire,
A votre seul aspect, nos maux sont disparus ;
Vous réconciliez le ciel avec la terre :
Notre bonheur devient le prix de vos vertus.

D'un auguste proscrit, Antigone nouvelle,
Quand sur des bords glacés vous suivîtes ses pas,
Vous rendiez chaque jour sa peine moins cruelle
Par vos touchans discours, par vos soins délicats.

Si, malgré lui, tournant ses regards vers la France,
Il aggravait encor le poids de son malheur,
Vous parliez : aussitôt un rayon d'espérance
De votre front divin pénétrait dans son cœur.

Digne sang de Louis, assise près du trône
Qu'a relevé le bras du Souverain des Rois,
Vous doublerez l'éclat d'une illustre couronne,
Et toutes les vertus régneront à la fois.

Le Français vous chérit, l'Europe vous contemple,
Le Monde ancien vous eût érigé des autels ;
Mais la Religion, pour prix d'un saint exemple,
Un jour vous offrira ses honneurs immortels.

VERS

A. S. A. R. Mgr. le Duc d'Angoulême,

Protecteur de la Société Royale Académique des Sciences de Paris.

ILLUSTRE Descendant d'un Roi dont la mémoire
En elle seule unit tous les genres de gloire,
Fils de ce grand Louis, protecteur des beaux-arts,
Non moins cher aux neuf Sœurs que favori de Mars,
Votre bonté pour nous, passant notre espérance,
Ne se borne donc point à cet aimable accueil
Qui déjà remplissait nos cœurs d'un noble orgueil ?
   Vous souffrez, honneur de la France,
Qu'à nos faibles travaux s'unisse un si grand nom.
Si la faveur d'Auguste a fait naître un Virgile,
   Comment serait-il donc stérile
   L'appui d'un digne rejeton
   De la tige antique et chérie,
Qu'embrasse avec transport l'amour de ma patrie ?
   Au seul ascendant des vertus,
Louis, pour asservir les mers et la fortune,
N'a confié qu'à vous le trident de Neptune.
De ce Roi, qui nous rend les beaux jours de Titus,
Nous imitons l'exemple ; et notre Académie,
Reconnaissant en vous l'empire du génie,
Met en vos doctes mains la lyre de Phœbus.

STANCES

A S. A. R. Mgr. le Duc de Berri.

LE démon des combats n'afflige plus la terre :
Sur les pas de LOUIS revient l'aimable paix ;
Digne escorte d'un Roi qui veut par ses bienfaits
Signaler chaque jour de son règne prospère.

Cependant des Français l'immortelle valeur,
Même au sein de la paix brillera toute entière :
De l'illustre BERRI la vertu douce et fière
Fera fleurir les lois du véritable honneur.

Si de quelqu'ennemi l'ambition injuste
S'efforçait de rouvrir le temple de Janus,
Que ferma le retour d'un Roi plus grand qu'Auguste,
PRINCE, vous deviendrez notre Germanicus.

Puissions-nous de long-temps n'éprouver ton courage,
O race des BOURBONS, si féconde en guerriers !
La France a trop gémi sous le poids des lauriers :
Qu'elle goûte des Lis le salutaire ombrage.

Les Lis sont chers aux Dieux. Le Maître de Délos,
De leur tige éclatante, aime à parer sa lyre ;
Et Mars, pour adoucir la frayeur qu'il inspire,
Les mêle à ses lauriers, quand il vient à Paphos.

DISCOURS

EN VERS

Sur la Rentrée en France de l'Auguste Famille des BOURBONS.

———

Heureux Français, mortel chéri des Dieux,
Ils t'ont comblé de leurs biens précieux.
Convive aimable et brave militaire,
Vif et profond, galant, ingénieux,
Tu soumettrais, par le seul art de plaire,
Le monde entier de ta gloire jaloux,
Qui nous admire en nous traitant de fous.
Un sentiment souverain de ton âme,
L'honneur superbe et le guide et l'enflamme.
En le mêlant à l'amour de tes Rois,
Tu produisis, peuple illustre et frivole,
Ces traits brillans, ces merveilleux exploits
Qu'eût enviés jadis le Capitole.
Au Latium, aux bords de l'Ilyssus,
On adorait un Romule, un Codrus.
Des fiers Romains et de la Grèce antique,
Ces demi-Dieux, ou Rois ou Citoyens,
Faisaient fleurir la vertu politique :
Noble Français ! les Bourbons sont les tiens.
Ils ont fondé ton bonheur et ta gloire,
Et leurs bienfaits vivront dans ta mémoire,
Tant que la Seine, entre mille châteaux,
Promènera le cristal de ses eaux.

Tels que l'on voit, après un long orage,
Qui confondait le ciel avec la mer,
Les doux rayons des fils de Jupiter
D'un nouveau calme offrir enfin le gage
A cent vaisseaux tout près d'être engloutis ;
Ainsi Philippe et son Auguste Frère
Ont fait reluire, en nos cœurs réjouis,
L'espoir d'un règne et tranquille et prospère.
Ce bon Henri, le plus grand de nos Rois,
Ce Roi du peuple est le divin modèle
Qui de Louis fixe le noble choix,
Quand des Français le cœur toujours fidèle,
Comme un Sauveur, au trône le rappelle.
Filles du Ciel qui charmiez ses chagrins,
Quand loin de nous l'enchaînaient les destins,
Du blond Phœbus pour lui montez la lyre :
Son règne heureux accroîtra votre empire.
A vos accords Louis reconnaissant
Offre lui-même un objet bien touchant :
Muses, chantez son illustre Antigone,
Qui de l'exil l'a suivi sur le trône ;
Mais préparez vos immortels fleurons
Pour ses Neveux, digne sang des Bourbons,
En qui déjà la belliqueuse France
D'un nouveau lustre a placé l'espérance.

AU ROI,

*En présentant à **Sa Majesté** un exemplaire*
des Nouvelles Parisiennes, etc.

LE 7 JUILLET 1814.

SIMPLE dans les grandeurs et grand dans l'infortune,
Sans fatiguer le Ciel d'une plainte importune,
Digne Fils du SAINT ROI, vous adoriez en paix
De Dieu sur vos destins les éternels décrets.
　　　De cette héroïque constance
Le sceptre paternel est un bien faible prix,
Si votre heureux empire à vos peuples chéris
　　　Ne rend les mœurs et l'abondance.
Le Français, de ses Rois ardent imitateur,
　　　Sur le trône déjà contemple
　　　Son modèle et son bienfaiteur.
Régénéré bientôt par votre auguste exemple,
　　　Il fera vieillir les tableaux
　　　Où mes véridiques pinceaux
Vous offrent quelques traits d'un siècle trop fertile
　　　En travers, en vices nouveaux.
Ce travail toutefois ne sera point stérile :
Un jour à nos enfans plus sages, plus heureux,
　　　Il rendra du moins témoignage
Que les mœurs, le bon ton, l'esprit religieux,
Ainsi que leur bonheur, de LOUIS sont l'ouvrage.

ODE,

Sur les *Cérémonies expiatoires en l'honneur de Louis XVI.*

Quel mortel fixerait un terme à ta justice,
Impénétrable Dieu, Dieu vengeur de Louis ?
C'est toi qui lui fais rendre, au lieu de son supplice,
Des honneurs inouis.

Cinq lustres écoulés, un deuil expiatoire
A couvert tout à coup le royaume des Francs :
Ces peuples généreux maudissent la mémoire
De leurs cruels tyrans.

Ils voudraient effacer par des torrens de larmes
Le souvenir affreux du plus grand des forfaits,
Qu'en des jours de terreur et de sang et d'alarmes
Commirent des Français.

Des Français ! Qu'ai-je dit ? cette horde barbare
Pouvait-elle porter un si glorieux nom ?
Monstres qu'avaient vomis les gouffres du Tartare,
Vrais suppôts du démon.

Mais, comment du Très-Haut cette image fidèle,
Cet ami des mortels, qui n'avait rien d'humain,
Dans les longues rigueurs d'une prison cruelle
L'implora-t-il en vain ?

Il n'est pour éclairer un si profond mystère,
Que la pure clarté du flambeau de la foi,
Qui peut seule d'un Dieu juste autant que sévère
    Justifier la loi.

Quand les fils de Noé, race impie et parjure,
De leur Libérateur oubliant les bontés,
Eurent enfin comblé de nouveau la mesure
    De leurs iniquités :

C'est alors que l'on vit la Puissance divine
Se reprocher d'avoir épargné des pervers,
Et, la foudre à la main, d'une entière ruine
    Menacer l'univers.

Mais un Fils bien-aimé, s'offrant en sacrifice,
De leurs nombreux forfaits daigna porter le poids,
Et souffrir, pour calmer l'éternelle justice,
    L'opprobre de la croix.

Lorsque foulant aux pieds le frein de la croyance,
Le siècle eut épuisé ses coupables excès,
Tels furent contre nous d'une juste vengeance
    Les terribles arrêts.

Comme au temps de Pilate, allait s'ouvrir l'abîme
Où le bras du Très-Haut nous précipitait tous ;
Mais au Maître des Rois une auguste victime
    Se consacra pour nous.

Louis, sans murmurer, boit jusques à la lie
Un calice rempli des plus horribles maux ;
Tel que le Dieu-Sauveur, il exhale sa vie,
    Priant pour ses bourreaux.

En quittant ce séjour de misère et de fange,
Sans doute il s'en alla, brillant et glorieux,
Pour prix de ses vertus, partager de l'Archange
    Le trône radieux.

Abaisse tes regards, ô Prince magnanime,
Et contemple le deuil des malheureux Français :
Si tu pleuras sur eux, généreuse victime,
    Jouis de leurs regrets.

Daigne être dans le Ciel leur ange tutélaire ;
Implore pour leur Roi des jours longs et sereins,
Et qu'il puisse accomplir, Monarque débonnaire,
    Tes sublimes desseins.

ALLÉGORIE

Sur le Retour de la Famille Royale,
LE 8 JUILLET 1815.

Sur les autels du Dieu sauveur de sa patrie
Un berger s'apprêtait à poser d'humbles dons,
Quelques hymnes pieux, de modestes festons
    Tissus des fleurs de la prairie
    Et des verdoyantes moissons,
Quand tout à coup, du sein de la nue orageuse,
Le principe du mal lève sa tête affreuse,
Et couvre l'univers du plus lugubre deuil.
Le berger consterné du temple a fui le seuil.
Du Dieu même en courroux la majesté sacrée,
    Dans l'Olympe s'est retirée ;
Et la blonde Cérès, Pomone et les Amours,
    De la terre désespérée,
Avec lui semblent s'être exilés pour toujours.
    Mais enfin la riante Aurore,
    Blanchissant le coteau voisin,
    Au monde vient promettre encore
    Le doux bienfait d'un jour serein.
    A ses vœux le berger fidèle
    Du temple reprend le chemin.
La nature jamais ne lui parut si belle :
    Tandis qu'enflammé d'un saint zèle
    Il chante l'hymne du matin,
Tout à ses yeux ressent la présence chérie
Du Dieu qui, triomphant d'un funeste génie,
    Aux peuples rangés sous ses lois,
    Va rendre une seconde fois
La paix que son absence a trop long-temps bannie.

ODE

A LA PAIX.

—

Descends de la voûte éternelle,
Fille d'Astrée, aimable Paix !
La terre qui se renouvelle
Devient digne de tes bienfaits.
L'ambition, mère des crimes,
A fait place aux vertus sublimes,
Sources du bonheur des humains ;
Désormais l'antique sagesse
Qui régna dans Rome et la Grèce,
Dicte des lois aux Souverains.

Les yeux presqu'éteints par les larmes,
Et prête à descendre au cercueil,
Une mère dans les alarmes
Ne voit plus de terme à son deuil.
Viens rendre le fils à sa mère,
L'amant à sa tendre bergère ;
De l'amitié rejoins les nœuds,
Couvre de fleurs la trace impie
Qui de la discorde en furie
Signala le passage affreux.

O Paix, ta féconde influence,
Plus forte que les élémens,
Fera refleurir l'opulence
Au sein des arts et des talens ;

Mercure enrichira nos villes ;
Et, dans nos campagnes fertiles,
Cérès comblera les mortels
Des biens dont l'heureux Triptolême,
Instruit par sa bonté suprême,
Décora ses premiers autels.

Le chœur des Filles de mémoire
S'avance au-devant de tes pas,
Célébrant l'innocente gloire
Que ne souillent point les combats.
Puissent les Maîtres des empires,
Touchés des accords de leurs lyres,
Imiter ces parfaits concerts ;
Et qu'une immortelle harmonie,
Présent de la philosophie,
Règne à jamais dans l'univers.

N'est-il pas temps, races humaines,
Dans un doux et constant repos,
De recueillir le fruit des peines
Et des savans et des héros ?
Perdez la folle inquiétude
D'où naquit chez vous l'habitude
D'une funeste activité,
Ferment par qui toujours s'altère
Ce que pour le bien de la terre
Le génie avait inventé.

Un vainqueur * que le ciel seconde
Est venu sauver les Français.
Il fait plus : bienfaiteur du monde,
Le monde entier lui doit la paix ;

---

* S. M. l'Empereur Alexandre.

Et pour prix d'une œuvre si belle,
Dont on cherche en vain le modèle
Dans l'héroïque antiquité,
Au-dessus de l'éclat du trône
Son noble cœur ambitionne
La commune félicité.

Toi que rappelle au rang suprême
Des Français l'unanime voix,
Instruit par l'infortune même,
La meilleure école des Rois,
Tu seras notre MARC-AURÈLE :
A tes lois mon pays fidèle
Verra renaître ces beaux temps,
Lorsqu'une pieuse sagesse,
Des peuples, unique maîtresse,
Les rendait libres et contens.

ÉLÉGIE

Aux Mânes de MARIE-ANTOINETTE,
Reine de France, et de Louis XVII.

QUEL trouble se réveille en mon âme attendrie ?
Oui, je la reconnais cette main si chérie
Par qui le Ciel aimait à verser ses bienfaits.
Sous les yeux des bourreaux elle forma ces traits *,
Monument inoui de force et de clémence,
D'inébranlable foi, d'amour pour cette France,
Qui de tant de vertus ne lui payait le prix
Que par de longs tourmens et de cruels mépris.
    Epouse tendre et magnanime,
Mille fois ton courage eût affronté la mort,
Pour délivrer Louis, noble et sainte victime ;
    Mais, d'un plus déplorable sort,
Dieu voulut éprouver ton courage sublime :
Voyant de ton époux préparer le trépas,
Tu demandes en vain la grâce de le suivre ;
    Et condamnée à lui survivre,
Tu n'eus point la douceur d'accompagner ses pas.
Il te restait un fils, rejeton faible et tendre,
Qui, tout baigné des pleurs que l'on te fait répandre,
Croissait languissamment dans l'horreur des cachots.
    Mais quoi ! du tribunal impie,
Qui de la vertu même immola le héros,
L'infernale fureur n'était point assouvie.

---

* *Testament de S. M.*

Ses impitoyables suppôts
Une seconde fois t'arrachèrent la vie :
Ton fils, sans les guérir, adoucissait tes maux ;
Cette unique espérance, hélas ! te fut ravie.
          La poétique antiquité
          Pleura sur le sort lamentable
          De cette Veuve inconsolable,
Exemple de malheur et de fidélité.
          O Reine, à la postérité
Ton destin doit paraître encor plus déplorable.
Et veuve et dans les fers, Andromaque du moins
Gardait Astyanax élevé par ses soins.
De ce royal enfant le gracieux sourire
Lui faisait oublier la perte d'un empire,
          Et souvent même encor,
Quelques traits de vertu qui commençaient à luire,
Son jeune esprit déjà prêt à prendre l'essor
La flattèrent de voir un jour renaître Hector.
Triste et dernier débris d'une plus noble race,
Ton fils de tes bourreaux n'eut point la même grâce.
          A l'aspect du vil assassin,
          Vainement penché sur ton sein
De l'amour maternel il opposa l'égide.
L'Héritier de HENRI, d'un Roi grand comme Alcide,
          Subit l'incroyable destin
          D'avoir et pour maître et pour guide
Un barbare geolier, rebut du genre humain.

          Cessez d'attrister ma mémoire,
O souvenirs affreux, fuyez-en pour toujours ;
          Et puisse un deuil expiatoire,
          Consolateur de mes vieux jours,
Vous effacer ainsi des fastes de l'histoire !

VERS

Aux Mânes de MADAME ELISABETH,
Sœur de LOUIS XVI.

———

Lorsque les Grands, suivis d'une foule idolâtre,
Font briller leur vertu sur un vaste théâtre,
Le sage défiant doute si c'est vertu,
Ou bien plutôt l'orgueil de son nom revêtu.
Mais, quand d'un libre choix, Elisabeth partage,
    Au sein des cachots ténébreux,
    Les affronts, les chagrins affreux
    Dont une infatigable rage
    Abreuve un Prince malheureux,
    Dans ce dévouement généreux
Qui ne voit la vertu sincère et sans nuage ?
Sans doute des mortels le périssable hommage
    N'en serait qu'un trop faible prix.
Auguste Elisabeth, ta divine constance
De Dieu seul, au séjour de ses élus chéris,
    Reçoit sa digne récompense.

VERS

Pour le Mariage de S. A. R. Mgr. le Duc DE BERRI.

Aimables Nymphes de la Seine
A l'envi parez-vous de fleurs,
Pour recevoir la Souveraine
Que près de vos bords enchanteurs
Un destin glorieux amène.
Habitans du sacré vallon,
Qu'un si beau sujet vous inspire :
Célébrez sur la même lyre,
Les Grâces, Vénus, Apollon
Réunis sous un même empire.
Virgile, du héros Troyen,
Eternisa l'heureux hymen
Qui pacifiait l'Ausonie.
Ah ! de ce fertile génie
Que n'ai-je reçu quelques traits
Pour peindre une autre Lavinie,
Gage de bonheur et de paix.
Quoique les Filles de mémoire
M'aient refusé ces traits vainqueurs
De l'envie et de l'onde noire,
O Vous, dont la plus douce gloire
Sera de régner sur nos cœurs,
Ne dédaignez pas l'humble hommage
D'un français dont la pure voix
Chanta sur ce joyeux rivage
Le retour du meilleur des Rois.

Fin de l'Hommage poétique à la Famille Royale.

POÉSIES DIVERSES.

ODE

Sur la Mort de Bernardin de St.-Pierre.

Il n'est plus l'écrivain dont la voix noble et pure
Fit chérir du chrétien les dogmes consolans,
Et qui des novateurs confondit l'imposture
    Par ses rares talens.

Recueillez avec soin sa dépouille mortelle,
Entourez-la de fleurs, hommes religieux,
Tandis que son esprit d'une gloire éternelle
    Rayonne dans les Cieux.

L'Athée au cœur d'acier déshéritait le monde,
Quand Bernardin parut dans ce siècle pervers ;
Et vengea, par sa plume heureusement féconde,
    L'Auteur de l'univers.

Lorsqu'il en décrivit les merveilleux ouvrages,
Le savant reconnut l'héritier de Buffon ;
Il chanta ses bienfaits, et fut mis par les sages
    Au rang de Fénélon.

De l'élégant lycée et du grave portique
Ses écrits font pâlir le mérite vanté,
Autant que doit primer sur l'erreur sophistique
    L'auguste vérité.

Quel poëte fameux de Grèce ou d'Ausonie
Pourrait de ses pinceaux égaler la douceur,
Lorsqu'il peint sous tes traits, aimable Virginie,
    La céleste pudeur.

L'infortuné qui lit tes immortels ouvrages
Oublie, ô BERNARDIN, les injures du sort,
Et déjà croit goûter à l'abri des naufrages
    Les délices du port.

Eux seuls servant de guide à ma folle jeunesse,
De la religion m'imposèrent le frein ;
Eux seuls m'ont fait montrer jusque dans la détresse
    Un front calme et serein.

Heureux qui, comme toi, loin des bords du Permesse,
Loin des sentiers battus du profane Hélicon,
Gravit, la lyre en main, dans une sainte ivresse,
    Les hauteurs de Sion !

Ici-bas du vrai Dieu ne cherchant que la gloire,
Du monde il méprisait les honneurs inconstans ;
Et le monde prend soin de sauver sa mémoire
    Des outrages du temps.

Dieu partage avec lui l'éclat qui l'environne :
Sur la terre et le ciel son génie exalté
S'élève éblouissant de la double couronne
    De l'immortalité.

ÉPITRE

A M. DENNE-BARON.

Souvent l'érudite raison
Coupa les ailes du génie ;
Et de maint savant la manie
Eût le triste sort d'Harpagon,
Mourant de faim sur sa richesse.
Mais des bords sacrés du Jourdain
Aux bords fabuleux du Permesse,
Dans une poétique ivresse,
Vous fîtes le docte chemin,
Et votre muse enchanteresse
Sut avec une égale adresse
Se parer d'un riche butin,
Rapporté de Rome et de Grèce.
Quand vous racontez les erreurs,
Le repentir, les longs malheurs
De ce saint Roi dont l'adultère
Du Ciel épuisa la colère,
Vos chants de Racine et Rousseau
Respirent la grâce onctueuse
Et la pompe mélodieuse.
Mais lorsqu'à l'ombre d'un berceau,
Ou sur la pierre du tombeau,
De Properce, habile interprète,
Votre éloquente voix répète
Ces vers si brûlans et si doux,
L'Amour accouru près de vous

S'imagine écouter encore
Le tendre amant d'ELÉONORE,
Pour toujours muet parmi nous.
Si, pour les œuvres immortelles
Dont vous daignâtes m'enrichir,
En retour j'ose vous offrir
L'humble cadeau de mes NOUVELLES,
Je crains fort qu'aux traits des plaisans
Mon indigence ne m'expose :
Ils citeront ces Castillans
Qui, pour quelques minces présens,
Payaient les trésors du Potose.

LE LAURIER,
CONTE.

———

Ces jours passés le maître du Parnasse,
En traversant ne sais plus quelle place,
Vit pour enseigne un brandon de laurier
D'un cabaret décorant le premier.
O mœurs ! ô temps d'horrible barbarie !
S'écria-t-il transporté de furie !
Par quel lourdaud fut ainsi profané
L'arbre où respire encore ma Daphné ?
Qu'on me l'amène, il subira sur l'heure
Le sort fatal du monstrueux Python.
Or, il advint que dans cette demeure
Silène ouït le sabat d'Apollon.
Les pieds peu sûrs, mais la face vermeille,
Il vient à lui sans quitter sa bouteille :
Seigneur Phœbus, pourquoi ce grand courroux ?
Le trait n'est point si rare parmi nous :
Ne voit-on pas du prix de maint ouvrage
Maint fat prôné faire un plus fol usage ?
Certain rimeur, qui n'était pas un sot,
N'ayant de quoi payer son mince écot,
A l'hôte offrit sa couronne pour gage,
En lui disant : Tant qu'aurez ses rameaux,
Vous braverez de Jupin les carreaux,
Qui ne pourront vous casser une vitre.
Et fûssiez-vous plus stupide qu'une huître,

Vous deviendrez, même sans le vouloir,
De jour en jour plus riche de savoir.
L'hôte charmé croit que le destin même
Respectera ce talisman suprême.
Pour son malheur il fut tôt détrompé.
Par un manant dans un marché dupé,
Il y perdit son or et sa faconde.
Mais ce n'est tout : voilà que le ciel gronde ;
La foudre tombe et jusqu'en ses caveaux
Enfonce et brise et flacons et tonneaux.
Lors il s'écrie, outré d'un tel mécompte,
Pendant là-haut l'objet de ton courroux :
O digne prix de misérables fous,
De leur métier atteste ici la honte !
Phœbus ne peut retenir son dépit ;
Du bon Silène il coupe le récit ;
Et s'arrachant l'immortelle verdure
Qui couronnait sa blonde chevelure,
Pour la flétrir du plus insigne affront,
Il aperçut guindé sur un haut siége
Mons *Deferlus*, vieux pédant de collége,
Et du pédant il en orne le front.

ODE ANACRÉONTIQUE.

LE SONGE.

L'injuste rigueur de Climène
M'avait réduit au désespoir :
Je m'éloignai de l'inhumaine
Et jurai de ne plus la voir.

Trois fois sortant du sein de l'onde,
Phœbus ranima les mortels ;
Trois fois la nuit couvrit le monde,
Sans calmer mes chagrins cruels.

Du consolateur d'Ariane
J'implorai le puissant secours :
Bientôt son nectar diaphane
De mes maux suspendit le cours.

L'Amour, par un trop doux mensonge
Abusant mes faibles esprits,
Me fit revoir Climène en songe
Plus éclatante que Cypris.

Avec sa main douce et timide
Ayant saisi sa belle main,
Vers moi sans parler il la guide,
Et me regarde d'un air fin.

Qu'on est crédule quand on aime !
Je crus qu'un tendre repentir
Causait ce changement extrême
Et mettait fin à mon martyr.

Mais hélas ! Climène, rebelle
Au Dieu dont je chéris la loi,
S'enfuit se cacher sous son aile,
Pour mieux se dérober à moi.

Cependant, piqué du caprice,
L'Amour s'en éloigne à son tour;
Et vengé de cette injustice,
Plus calme, je revis le jour.

Frémis, ingrate : un tel présage
Sans doute est d'une déité,
Qui d'un songe emprunte-l'image
Pour te montrer la vérité,

Aujourd'hui d'un amant fidèle
Ton orgueil repousse la main;
Tu penses toujours être belle,
Et l'Amour te fuira demain.

L'INDIFFÉRENCE,
CONTE.

L'Amour qu'un rien met en colère,
Se croyant un jour outragé
D'un certain galant téméraire,
Jura sur l'autel de sa mère,
Qu'il en serait bientôt vengé
Par un châtiment exemplaire.
De suite il descend chez Pluton,
Qu'il aborde ainsi sans façon :
O toi, dont l'imposante mine
Fait trembler tant d'illustres morts,
Si, par mon aide, Proserpine
Vint embellir ces sombres bords ;
Et si dans ta demeure obscure
Souvent encor je te procure
Des plaisirs qui du Dieu du jour,
Ce Dieu qui donne à tout la vie,
Exciteraient même l'envie,
Lorsque je t'implore à mon tour,
A mes désirs daigne te rendre.
Des maux qu'enferme ce séjour
Dis-moi celui dont un cœur tendre
Serait mortellement blessé :
Je veux punir l'ingrat Clitandre,
Qui sans raison s'est courroucé
Contre la sensible Climène.
Choisis et mesure la peine
Sur la grandeur de l'offensé.

Amour, oui, j'aime à le redire,
Je te dois mes biens les plus chers :
Commande en roi dans mon empire,
Répond le prince des enfers.
Il dit. A sa voix qui fulmine
Apparut le cortége affreux
Des maux que Némésis destine
Au tourment des cœurs amoureux.
C'était le refus qui s'obstine
A ne jamais combler nos vœux ;
C'étaient la rigueur indiscrète,
L'absence toujours inquiète ;
L'orgueil, les mépris insultans,
Les soupçons, les fâcheux caprices,
Qui des trop fidèles amans
Foulent aux pieds les longs services ;
Le bannissement sans retour
Avec horreur fuyant le jour ;
Enfin s'avançait en silence
La monotone *Indifférence*,
De la prude triste vertu.
De l'Amour, chacun le peut croire,
L'esprit fut long-temps suspendu ;
Tandis que dans sa barbe noire,
Pluton riait d'un air malin,
Comme un dieu qui du cœur humain
Connaissait assez bien l'histoire.
Il lui dit d'un air gracieux :
Arbitre des plaisirs des dieux,
Toi qui domptas Jupiter même,
Toi par qui les mortels heureux
Goûtent la volupté suprême,

Bornes-tu là tes douces lois ?
Ton adresse est-elle aux abois,
Lorsque pour punir un rebelle,
Sur la peine la plus cruelle
Il s'agit de fixer ton choix ?
Prends donc la froide *Indifférence :*
Nul monstre n'a plus de puissance
Sur les amoureux délicats :
Il met le comble à leur souffrance,
En doublant pour eux des appas
Qu'ils adorent sans espérance.
Soudain Cupidon irrité,
Brûlant de venger son outrage,
L'alla placer sur le visage
D'une dédaigneuse beauté.
Que devint le pauvre Clitandre ?
Amans, ah ! frémissez d'apprendre
Ce qu'Amour m'en a raconté.
Malgré l'excès de sa tendresse,
Clitandre aurait de sa maîtresse
Souffert les refus et l'orgueil ;
Même d'une éternelle absence,
Sans mourir, supporté le deuil.
Mais la tranquille *Indifférence,*
Avec son obstiné silence
Suffit pour le mettre au cercueil.

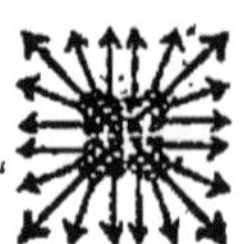

EPITRE

A Mme. M.... D....

O vous qui de mes premiers ans
Avez protégé la faiblesse,
Et de ma trop courte jeunesse
Modéré les fougueux penchans,
Vous dont la prudence infinie
M'avait donné plus que la vie
En préparant de doux liens,
O ma mère, ô ma digne amie,
Le charme de vos entretiens,
Reste précieux de mes biens,
Le sort barbare me l'envie.
De cette perte trop sentie
Affreuse est la réalité.
Aux fleurs de la saison nouvelle
Succèdent les fruits de l'été;
Mais, incessamment balotté
Par l'espérance peu fidèle,
A mainte épître qui m'appelle
Avec tant d'amabilité
Malgré moi je semble rebelle.
Votre esprit n'est point prévenu
Qu'en cette ville où tout abonde,
Excepté pourtant la vertu,
Le seul plaisir m'ait retenu :
Non, vous connaissez trop le monde,
Et vous m'avez trop bien connu.

Le plaisir ne fuit point mon âge
Qui garde encor quelque fraîcheur ;
Mais leste, brillant et volage,
Cet enfant gâté du bonheur
Cherche un plus heureux personnage :
Les infortunés lui font peur.
Vous croirez plutôt que ma muse,
Dont vous approuviez les essais,
Aujourd'hui me flatte et m'amuse
En m'offrant de nouveaux succès ?
Hélas ! des filles du Permesse
Le sexe fut toujours changeant ;
Et ma divine enchanteresse,
Comme une vulgaire maîtresse,
Délaisse un malheureux amant.
Ainsi la puissante fortune
A son caprice impérieux,
Malgré notre plainte importune,
Soumet les hommes et les dieux.
Contre moi long-temps déclarée
Elle semble un peu s'adoucir,
Et je suis prêt à ressaisir
Le bout de la chaîne dorée.
Avant que les derniers soleils
Rendent plus doux et plus vermeils
Les fruits dont Bacchus se couronne,
Bien avant que la faible automne
De son front pâle et sans couleur
Détache la dernière fleur,
Croyez-en la reconnaissance
Qui toujours régna sur mon cœur,
J'irai d'une trop longue absence
Réparer, enfin, la rigueur.

ODE ANACRÉONTIQUE.

L'HYMEN.

Hymen, que tu répands d'ivresse
Aux cœurs frappés des mêmes traits,
Le jour qu'une sainte promesse
Unit deux amans pour jamais !

C'est alors que la souvenance
D'un dépit, d'un secret chagrin
Rend plus douce encor ta présence,
De leur bonheur gage certain.

Sitôt que le flambeau du monde
S'est plongé dans le sein des eaux,
Hymen, une flamme féconde
Allume tes sacrés flambeaux.

Milton qui traça la peinture
De ces plaisirs mystérieux,
Pour sa palette chaste et pure
Fut le seul avoué des dieux.

Quel touchant tableau vient d'éclore
Au réveil des heureux époux !
Comment Céphale et son Aurore
N'en pourraient-ils être jaloux ?

Au bonheur il vient de renaître
Ce mortel chéri des amours ;
De mille appas il est le maître,
Et les possède pour toujours.

De sa beauté trop négligée ,
Il voit son amante rougir ;
Puis elle semble partagée
Entre la crainte et le désir.

Epoux, ces chaînes fortunées
Dont l'hymen vient d'unir vos cœurs ,
Hélas ! elles sont destinées
A se flétrir comme les fleurs.

Ainsi que l'oiseau de passage ,
Qui s'envole avec le printemps ,
L'Amour, compagnon du bel âge ,
Fuit à l'approche des vieux ans.

Que chez vous puisse alors descendre
L'Amitié, fille des Vertus ;
Et son commerce doux et tendre
Bannir les regrets superflus. -

STANCES.

Reine des fleurs, qui ne brilles qu'un jour,
Puisse ton sort apprendre à ma bergère
Que la beauté sous l'empire d'Amour
N'est, par malheur, que simple passagère!

Plus sage qu'elle, aussitôt que Zéphyr
En se jouant a dévoilé tes charmes,
Au papillon empressé d'en jouir,
Fleur de Vénus, tu rends soudain les armes.

Peut-être, hélas! dès le second matin,
Le papillon te reverra fannée :
Ton règne est court; mais bénis le destin,
Puisqu'il te fit heureuse une journée.

ÉLÉGIE.

AUX MÂNES DE MON ÉPOUSE,

MORTE A 24 ANS.

Modèle de douceur, de raison, de constance,
Triste et dernier objet des plus tendres amours,
Puis-je encor du bonheur garder quelqu'espérance,
Quand la parque a coupé la trame de tes jours ?
Vainement l'amitié vient m'offrir ses secours :
A ma juste douleur sa voix n'est qu'importune.
Les amis, les plaisirs, la gloire et la fortune,
Sur qui tant de mortels fondent le vrai bonheur,
 Ces prétendus biens de la vie,
 Ne sauraient effleurer mon cœur.
 Chère et malheureuse Emilie,
 Depuis que tu me fus ravie
Les regrets et l'ennui font seuls tout mon destin.
 Quand sur ma couche solitaire
Mes yeux mouillés de pleurs te cherchent le matin,
J'accuse le soleil qui de nouveau m'éclaire
 De rouvrir mon âme au chagrin.
Et lorsque son flambeau s'éteint au sein de l'onde,
Que la nuit rend le calme et le repos au monde,
 C'est alors que plus agité,
 Seul en ma demeure déserte,
Le souvenir cruel de ma félicité
 Redouble le poids de ta perte.
 Non, non jamais le cours du temps
 Qui change tout dans la nature,
 Ne fermera cette blessure.

Sans cesse ils me seront présens
De nos adieux les lugubres instans,
Où dans les bras de la mort même
Ta vertu d'un éclat suprême
Eblouissait les assistans.
O tendre mère, ô chaste épouse,
Faut-il que si près du trépas
Une divinité jalouse
Nous révèle en toi mille appas,
Qu'aux jours de mon bonheur je ne connaissais pas ?
De moi, de mes enfans la désolante idée,
Retenant son âme exaltée,
Semblait lui redonner un si puissant ressort
Que l'inflexible parque un moment attendrie
Pour une famille chérie
Fut prête à révoquer le décret de sa mort.
Trop courte illusion ! sur ses lèvres expire
Le nom de ses enfans, le nom de son époux.
Le destin qui me la retire
Me condamne à pleurer, tandis que je respire
Le plus funeste de ses coups.

ODE
SUR LE BON EMPLOI DU TEMPS.

Tel que tombe un torrent du haut des Pyrenées,
Tel que l'éclair léger s'échappe des nuées,
Le temps fuit loin de nous, il nous fuit sans retour;
Et les faibles mortels, en ce gouffre rapide,
Soit que l'aveugle instinct ou la vertu les guide,
Sont, hélas ! entraînés ensemble ou tour à tour.

Mais d'une faible vie à tant de maux livrée
Si nos plaintes jamais n'allongent la durée,
Délaissés du présent, embrassons l'avenir :
Oui, de ce peu de jours une dépense utile,
Les vertus et les arts d'un être si fragile
Peuvent éterniser le noble souvenir.

Oui, les faits généreux, les sublimes ouvrages
Soulèvent les grands noms sur l'océan des âges,
Et le vulgaire seul y périt tout entier.
D'Homère et de César l'immortelle mémoire,
Leurs mânes rayonnans de vingt siècles de gloire
Enflamment le poète et forment le guerrier.

Thétis voudrait en vain; inconsolable mère,
Tenir Achille oisif sous le toit d'un vieux père;
Il n'a point oublié les conseils de Chiron :
Dédaigneux d'une longue et stérile existence,
Aux bords du Simoïs sa fougueuse vaillance
Court affronter Hector et l'avare Achéron.

Ainsi la Grèce a vu trois cents nouveaux Achilles
Briguer près de leur chef, entre les Thermopyles,
La gloire d'un trépas non moins noble et certain.
Avides de renom, ils prodiguaient la vie,
Et sous le coup fatal ils la voyaient suivie
Du glorieux éclat d'un jour pur et sans fin.

Cher Théophile, en qui la prodigue nature
Se plut d'unir aux dons d'une aimable figure
Un esprit si fécond, un cœur si généreux,
O d'un peuple poli l'ornement et l'idole,
Souviens-toi que tu dois à ce monde frivole
Les plus solides fruits de ces présens des Dieux.

HÉROÏDE.

ARIANE A THÉSÉE.

Siccine me patriis avectam, perfide, ab oris,
Perfide, deserto liquisti in littore, Theseu !
Siccine discedens, neglecto numine Divûm,
Immemor, ah ! devota domum perjuria portas !

CATUL. in Epithal. Pelei et Thetyd.

N'ESPÈRE pas me fuir, cœur parjure et sans foi :
Un souvenir fatal me rapproche de toi.
En vain, pour éviter l'importune pensée
D'Ariane séduite et par toi délaissée,
Tu t'éloignes des lieux témoins de tes sermens :
Tu ne peux te soustraire à mes gémissemens ;
Tu n'empêcheras point que ta faible victime
Te reproche à la fois son erreur et ton crime.
Tu crains avec raison mes pleurs et tes remords,
Tu crains que je n'échappe à ces sauvages bords,
Et tu crains que les dieux exauçant ma prière,
En te frappant cruel n'épouvantent la terre.
Rassure tes esprits : mes vœux sont impuissans,
J'invoque la mort seule et déjà je la sens ;
Victime infortunée à sa faulx je me livre :
Tu cessas de m'aimer, je dois cesser de vivre.
Loin de moi sois heureux, je ne m'en plaindrai pas :
La perte du bonheur est un premier trépas.
Mais, Thésée, à ma chute accorde quelques larmes,
Et mes derniers momens pourront m'offrir des charmes.

Dis à tes citoyens : La fille de Minos
Pour venger vos enfans expire dans Naxos.
Sois juste et dis aussi que je fus ton amie,
Que tu me dois l'honneur, le triomphe et la vie,
Qu'on sache que sans moi le monstre destructeur
Eut sur le fils d'Egée assouvi sa fureur :
Que je trahis pour toi ma patrie et mon père,
Et qu'enfin j'immolai le vengeur de mon frère.
Peins leur tout mon amour, peins leur mon triste sort ;
Dis leur : Elle m'aimait, je lui donnai la mort.

Je termine, ô Thésée, une inutile plainte ;
J'approche de ma tombe et je la vois sans crainte ;
Je ne regrette rien. Esclave de l'amour,
J'oubliai jusqu'aux dieux dont j'ai reçu le jour ;
Il m'en souvient, hélas ! quand la mort me menace,
Je ne puis démentir la grandeur de ma race ;
Je ne reconnais plus, digne de mes aïeux,
Et Thésée et l'Amour pour mes suprêmes dieux.
Que dis-je ? ô destinée ! Interdite, éperdue,
Malgré moi sur les flots je dirige ma vue.
Je ne découvre point les rapides vaisseaux
Qui portent mon vainqueur et l'auteur de mes maux.
Que fais-tu maintenant ? Peut-être une autre amante
Entoure de lauriers cette tête charmante,
L'image de l'amour qui causa mon erreur,
Et qui m'embrase encor lorsqu'il fait mon malheur.
S'il était vrai, Thésée… ah ! ce soupçon m'accable !
De t'aimer comme moi serait-elle capable ?
Eut-elle comme moi, fille d'un roi puissant,
A l'univers entier préféré son amant ?
Eut-elle, de l'amour, effort le plus sublime,
Adoré l'infidèle et pardonné son crime ?
Eut-elle, abandonnée au milieu de la mer,
En faveur d'un ingrat supplié Jupiter ?

Elle t'aurait maudit; Ariane t'adore,
Et lorsque tu la fuis elle t'appelle encore.
Dieu qui fais mon supplice, Amour sois généreux,
Rends le calme à mon cœur et Thésée à mes vœux;
Inspire à mon amant le transport qui m'enflamme,
Ou porte, par pitié, sa froideur dans mon âme.
Si tu ne peux vers moi ramener l'inconstant,
Qu'il demeure étranger au plus tendre penchant;
Que, s'il brûle jamais, un feu sans espérance
Lui fasse à chaque instant éprouver ma souffrance,
Et qu'enfin sans pouvoir jouir de ta douceur
Qu'il meure comme moi d'amour et de douleur.

Malheureuse, où m'emporte un impuissant délire ?
Je veux haïr Thésée, et pour lui je soupire;
Et quand je l'ai perdu, je crois à son retour
Pour soutenir ma vie et chérir mon amour.

Adieu, perfide amant, que malgré moi j'adore;
Pour la dernière fois, je m'abaisse et t'implore;
Entends mes cris, reviens, prévois mon désespoir;
Pense qu'il est des Dieux, et remplis ton devoir.

ÉPITRE
A UN JEUNE POÈTE DE PROVINCE.

Fidèle au culte des neufs Sœurs,
Et n'ayant qu'elles pour compagnes,
Tu goûtais leurs chastes douceurs
Dans le silence des campagnes.
Leurs plus illustres favoris,
Homère, Lucrèce et Virgile,
Racine, Voltaire et Delille
Charmaient tour à tour tes esprits
Du seul vrai beau toujours épris.
Ce commerce pur et tranquille,
Où l'inquiète vanité
Ne mêle point son goût futile,
D'un sage fait la volupté.
Mais tu brûles de voir la ville
Qui donne la célébrité.
Si de l'amitié la plus tendre
Mon cœur ne suit que l'intérêt,
Sans doute, ami, tu dois m'entendre
Le premier louer ton projet.
Hélas ! quand sur la foi d'un songe
Tu braves de perfides mers,
Mon seul silence est un mensonge
Qui t'expose aux regrets amers.
Il faut que mon expérience,
Sur ces mers t'offrant un fanal,
T'épargne le réveil fatal
Qui suit l'aveugle confiance.

Des Muses simple nourisson,
Soudain de ta retraite obscure
Tu parais dans la région
De l'intrigue et de l'imposture,
Sans avoir chargé le *Mercure*
Chaque mois d'annoncer ton nom
Par quelque ode ou quelque chanson,
Par quelque fragment d'un poëme,
Qui par un heureux stratagême,
Un plan fort savamment tracé,
Finit et n'a point commencé.
Voilà d'abord qu'un journaliste,
Jaloux et pointilleux sophiste,
Démontre qu'un auteur nouveau,
Qu'on n'a vu sur aucune liste,
Ne peut avoir rien fait de beau.
Que le soleil à son aurore
Ait tout l'éclat de son midi,
On l'entendra nier encore
Le jour dont il est ébloui.
Consolé de l'arrêt inique
D'un tribunal incompétent,
Tu cours, avide concurrent,
Briguer la palme académique
Que présente au jeune talent
Un corps aussi sage qu'antique.
De maint savant, maint connaisseur
Ton œuvre enlève le suffrage ;
Dans l'espoir qui remplit ton cœur,
Déjà le grave Aréopage
Va couronner ton front vainqueur.
La confiance est le partage,
L'aimable défaut du bel âge,

Qui croit à la sincérité ,
Aux bonnes mœurs, à l'équité ,
Et, victime de l'injustice ,
Ne voit qu'au fond du précipice
L'erreur qui l'a précipité.
Il luit ce jour tant souhaïté :
Jour fatal ! jour d'affreux déboire !
Il vient éclairer la victoire
De l'enfant gâté du sénat
Du perpétuel Lauréat.
Tes nobles efforts pour la gloire
Se brisent contre cet écueil ,
Et par la malignité noire ,
Par les sots tout prêts à la croire ,
Seront traités de fol orgueil.
Mais loin qu'une telle aventure
Te guérisse de la piqure
D'une trop juste ambition ,
Aigri par tes humeurs chagrines ,
Cher Théophile , tu t'obstines ,
Dans ta docte prétention ,
A poursuivre ces vains fantômes
D'honneur, de réputation ,
Qui ne savent nourrir les hommes
Que d'espoir, que d'illusion.
Le passager, dans un naufrage ,
S'il saisit de faibles rameaux
Pendans à quelque roc sauvage ,
Affronte la fureur des eaux
Et se croit déjà sur la plage.
Ainsi te revient le courage ,
Lorsqu'on te promet pour appuis
Nos grands faiseurs de vaudevilles ,

Aussi secourables qu'utiles,
Incapables d'être séduits
Par la frivole renommée
Qu'obtient leur burlesque jargon,
Dans cette Lutèce affamée
Des froids quolibets d'un bouffon.
Pour enseigne ils ont : Bonhomie,
Liberté, plaisir et folie.
Qui pénètre l'intérieur,
Trouve l'ignare jalousie,
A l'œil sournois, au ris moqueur,
Cachant sous la plaisanterie
Sa plus implacable noirceur.
Que dans leurs séances publiques
Mi-littéraires, mi-bachiques,
Où l'on mêle tous les propos,
Sans morgue tu leur communiques
Quelqu'un de tes nombreux travaux,
Soudain l'orateur à la mode
Elève une pédante voix,
Juge sans goût et sans méthode,
Te persifle aux plus beaux endroits,
Et répétés par la pagode,
Ses lazzis deviennent des lois.
Du genre grotesque et grivois
Pensant connaître l'antipode,
Ce bel esprit descend parfois,
De la chanson jusques à l'Ode.
Je dis descendre et non monter,
Et point ne faudra commenter
De mots ce bizarre assemblage.
Car lorsqu'il s'enfle pour chanter,
Dans le pindarique langage,

Les rois, les héros et les dieux,
Et qu'il agite son plumage
Prêt à monter jusques aux cieux,
Par un retour vraiment insigne
Ce canard qui se croit un cygne,
Un oiseau chéri d'Apollon,
Détonne plus qu'un vil oison.

D'un pays qui de loin t'enchante
Puisse le fidèle tableau
Fixer ta jeunesse bouillante
Dans la paix du simple hameau,
Où toujours libre, toujours pure,
Au sein de la belle nature,
Ton âme goûte les douceurs,
Dont Palès et les doctes Sœurs
Savent composer le partage
De l'homme éclairé, du vrai sage
Qui fuit le monde et ses erreurs.

Pour moi qu'aux rives de la Seine
En esclave rebelle enchaîne
L'arrêt d'un bizarre destin,
Si son caprice un beau matin
Me fait disposer de mon être,
Près de toi je revole aux champs,
Qui comme toi m'avaient vu naître.
Retour prospère ! O biens touchans
Que dans mes jours les plus brillans,
Hélas ! j'étais loin de connaître !
Oui, dans ce nouvel univers,
Je veux bannir de ma mémoire
Les faux amis, la vaine gloire,
Les peines, les plaisirs divers
De ce temps qu'on nomme bel âge.

Près de ton modeste hermitage,
Loin des sots, du riche pervers
Qui d'un œil stupide contemple
Le péuple qu'il a dépouillé,
A la paix élevous un temple
Que desservira l'Amitié.

ÉLÉGIE.

A MES ENFANS.

N'était-ce point assez que la parque jalouse,
Insensible à mes pleurs m'enlevât une épouse,
  Dont la sagesse et les vertus
Relevaient mes esprits trop souvent abattus
  Par les traverses de la vie ?
  De mon adorable Emilie
A peine elle m'avait séparé sans retour,
  La fortune non moins cruelle
  Sembla conspirer avec elle
Et vint ravir encor de mon triste séjour
Deux enfans, tendres fruits d'un malheureux amour,
  De la culture maternelle
  Privés presqu'en voyant le jour.
Chers objets qui deviez d'un trop court hyménée
Consoler quelque peu ma vie infortunée,
  Hélas ! une inhumaine loi
  De ma bizarre destinée
  Veut que vous croissiez loin de moi.
Vous ne connaissez pas les soins si doux d'un père ;
Et lorsque le soleil de nouveau nous éclaire,
Ou quand ses feux éteints laissent régner la nuit,
Hélas ! ce n'est pas lui dont l'amour vous surveille,
A vos jeux enfantins qui le premier sourit,
  Sitôt que le plus léger bruit,
Toujours plus gais, plus frais en sursaut vous réveille.

Dans cette riante saison,
Où tel qu'un arbrisseau s'élève le génie,
De votre naissante raison
Quel mentor réglera la première saillie ?
Et par sa touchante leçon
Au fond de vos dociles âmes
Saura de la vertu nourrir les nobles flammes ?
Ils sont évanouis ces utiles projets
Qu'avait conçus pour votre enfance
Mon amour éclairé par tant d'expérience ;
Et ce penser tout seul m'abreuve de regrets.

Idole des humains, inconstante fortune,
Dont le vil intérêt déshonore la cour,
C'est pour mes seuls enfans que ma voix t'importune :
Ramène-les enfin au paternel séjour ;
Et dans l'ivresse douce et pure,
Dont me comblera leur retour,
Ma gratitude sans mesure
Confondra tes autels et ceux de la nature.

ODE.

L'AMOUR DES MUSES.

La douleur, la sombre tristesse,
Comme la froidure au printemps,
Frappant les fleurs de la jeunesse
Devancent l'injure du temps.
Un caprice de la fortune
Viendra d'une brigue importune
En un instant ravir le fruit.
Les catastrophes de notre âge
De cette déité volage
A craindre les jeux m'ont instruit.

L'homme voit s'éclipser sans cesse
Tout ce qui brille autour de lui :
Sur quel bien sa triste faiblesse
Se fondera-t-elle un appui ?
Si pour les seuls trésors de l'âme,
L'homme d'un feu sacré s'enflamme,
Il jouit d'un constant bonheur,
Qui de la fortune légère,
Et du temps par qui tout s'altère
Ne craint point le cours destructeur.

Filles du Maître du tonnerre,
Vous venez du séjour des cieux
Consoler les maux de la terre,
Et rendre l'homme égal aux dieux.

Oui, c'est par vous troupe divine,
Qu'un mortel éclairé s'obstine
A braver les coups du destin :
Le Parnasse, asile des sages,
Elève au-dessus des orages
Un front radieux et serein.

Premier martyr de la sagèsse
SOCRATE en tes sacrés remparts,
O PALLAS, fait voir à la Grèce
L'attrait tout puissant des beaux-arts.
Le chœur des muses le contemple,
Et son cachot devient un temple,
Où brûle le plus pur encens,
Lorsqu'au sage de la Phrygie
Son mâle et tranquille génie
De Phœbus prête les accens.

Quand l'exécrable tyrannie
Et des TIBÈRE et des NÉRON,
De Rome étouffant le génie,
En flétrissait l'auguste nom,
Il restait encore un TACITE.
L'équitable Clio l'invite
A saisir ses pinceaux vengeurs :
Du monstre dont la hâche est prête
A trancher son illustre tête,
Sans trouble il trace les horreurs.

Lorsque le chantre d'Herminie,
Que dévore un funeste amour,
Séparé de sa noble amie,
L'est peut-être, hélas ! sans retour ;

De son affreuse solitude
Qui peut calmer l'inquiétude ?
L'unique charme des talens :
La tristesse même l'inspire ;
La voix plaintive d'une lyre
Rend ses malheurs moins accablans.

Mais dans les fastes du Parnasse
Est-il exemple plus fameux,
Plus fait pour la première place
Qu'Apollon exilé des Cieux ?
Les beaux-arts qui lui doivent l'être,
De son cœur faisaient disparaître
Les ennuis , les sombres regrets.
Aux campagnes de Thessalie,
Bientôt le dieu pasteur oublie
L'éclat de ses douze palais.

Et moi , sur les bords du Permesse,
Je suis de loin cette leçon ,
Méprisant la fausse promesse
Dont me flatta l'ambition.
Que vers le déclin de mon âge
Les dieux me laissent en partage
Des livres, un tranquille abri.
Et jusqu'à mon heure dernière
Sous l'humble toit héréditaire
Je me croirai leur favori.

ÉPÎTRE

A M. VIGÉE.

La maligne Thalie et la douce Erato
    Firent voyage incognito
    Jusqu'aux bords rians de la Seine,
    Dont les eaux leur avait-on dit,
    Par un mystérieux conduit,
    Prenaient leur source à l'Hyppocrène.
Le couple curieux s'assura du récit
Par maint recueil de vers, par maint chef-d'œuvre en prose,
De ceux-là notamment où l'abus de l'esprit
    Fait triompher le critique morose :
        Car cet abus, quoiqu'on en glose,
        Prouve toujours que l'écrivain
        Possède abondamment la chose ;
        Comme à la table d'un mondain,
Des mets servis le nombre et la délicatesse
    Ensemble attestent la richesse
    Et le bon goût du maître du festin.
Au partir de ces lieux, les doctes Immortelles
    Voulant adoucir les regrets
D'abandonner Paris pour de sombres forêts,
    Choisissons-nous, se dirent-elles,
    Parmi l'élite des français
Quelqu'agréable auteur qui de leurs bagatelles
    Les plus fines, les plus nouvelles,
    Nous tiennent sans cesse au courant.

Elles n'eurent bientôt là-dessus qu'une idée,
> Et le fait n'est pas surprenant :
> Elles se rappelaient encor votre *Journée* :
> Vous fûtes leur correspondant.
> Sur votre lyrique Parnasse,
Arbitre plein de goût et parfois indulgent,
Vous daignâtes laisser une petite place
A mes petits essais qui vous demandaient grâce ;
> Mais, si d'un cœur reconnaissant
> La confiance est le partage,
> Permettez qu'un peu moins tremblant
> Je vous offre aujourd'hui l'hommage
D'un plus long et je crois d'un plus solide ouvrage.
> Sans doute il me serait bien doux
> D'obtenir pour lui le suffrage
> D'un juge éclairé tel que vous.
Je n'ose espérer tant de son faible mérite,
> Quelle qu'en soit la réussite,
Ce penser là du moins est consolant pour moi,
Que vous pardonnerez bien plutôt un envoi
> Que de l'auteur une simple *visite.*

L'AVIS DE LUCAS,

CONTE.

Consumé des plus vives flammes,
Mais tout troublé, maître Colas,
Voulant choisir entre deux femmes,
Va trouver son ami Lucas,
Lui conte son petit tracas,
Et dit : Laquelle de ces dames
Epouserai-je ? — Ami Colas,
Sachons quelle beauté vous tente,
Expliquez-vous, répond Lucas.
— L'une belle, grande, imposante,
Charme par de brillans appas,
Et conviendrait fort à Colas.
— Je le crois, réplique Lucas.
— L'autre jeune et vive bergère,
Petite, en tout faite pour plaire,
Très-incapable d'un faux pas,
Servirait bien de ménagère
A votre ami maître Colas.
— Je vous entends, reprit Lucas ;
Mais franchement dites, compère,
Comment nommez-vous la première,
Et la seconde. En pareil cas
Le nom fait beaucoup à l'affaire :
Cela préserve d'ordinaire
Ou de méprise ou d'embarras.

—La grande se nomme Lisette,
La petite a pour nom Colette :
Noms charmans... qu'en pense Lucas ?
— Laissez-moi méditer, Colas. —

Après avoir hoché la têté,
Fort gravement fait quelques pas,
Et puis s'être croisé les bras,
Avec ce ton plein d'assurance
Que prend un homme d'importance,
Ainsi parla maître Lucas,
En regardant maître Colas :
Lisette me plaît, je l'avoue ;
Colette attend que je la loue :
Bon juge ne balance pas.
Lorsque prudence nous dirige
Aucun avis ne se néglige :
Ecoutez l'avis de Lucas.
« Pour éviter maint altercas,
» Colette à vous doit se conjoindre ;
» Prenez-la donc, maître Colas,
» Car de deux maux, suivant Lucas,
» Le mieux est de choisir le moindre. »

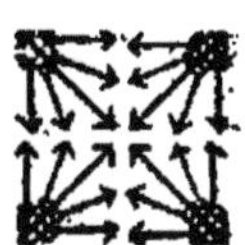

SOUHAITS

POUR LA NOUVELLE ANNÉE.

Travaillez, prenez de la peine :
C'est le fonds qui manque le moins.
    LA FONT. Liv. V. Fab. IX.

Eɴ ce jour solennel souhaiter est urgent :
Et d'abord je souhaite aux rimeurs de l'argent,
Pour qu'au moins une fois, d'un dire véritable,
Ils vantent, en mangeant, les plaisirs de la table.
Je souhaite à leurs vers, qu'ils composent ou non,
Des rimes à défaut de sens et de raison.
Je souhaite aux auteurs quelques neuves idées,
Aux artistes du goût, aux penseurs des pensées,
Aux chanteurs de la voix, aux acteurs du maintien,
Et l'esprit musical à tout musicien.
Je souhaite surtout aux aigles-journalistes
Dans de petits journaux de grands antagonistes ;
A ces derniers messieurs des lecteurs bonnes gens,
Toujours prêts à payer et toujours indulgens.
Je souhaite aux docteurs en droit, en médecine,
Malades ou plaidans, qui cherchent leur ruine
Ou certain passe-port pour un monde meilleur :
Et comme ancien époux, je souhaite de cœur
A nos maris du jour cet esprit débonnaire
Qu'aux plus rares vertus jeune épouse préfère ;
A jeune femme aussi je souhaite une cour
D'aimables étourdis qui l'amusent un jour ;

De jolis petits riens qui l'occupent une heure ;
Un mari qui jamais au logis ne demeure.
Mais il est bon, je crois, de laisser le prochain,
Pour m'occuper un peu de mon propre destin.
Je me souhaite... quoi ? une grande richesse ?
C'est le souhait des sots, et les fils du Permesse,
Incapables de vœux mercenaires et bas,
A souhaiter de l'or ne s'avilissent pas.
Mais que demanderai-je ? une femme fidèle ?
On dit qu'il n'en est plus... Plein d'une ardeur nouvelle,
Vais-je, ambitionnant mille biens réunis,
L'or et la femme à part, souhaiter des amis,
Les plaisirs, la santé, tout ce que la folie,
L'intérêt ou l'orgueil recherchent dans la vie ?
Non, je suis trop sensé, des souhaits sont trop vains ;
Dieu prenant en pitié l'ouvrage de ses mains
Pour balancer le poids de l'humaine misère,
Mit en nous du talent le germe nécessaire.
Travaillons : le travail seul nous fait exister.
L'homme doit acquérir et jamais souhaiter.

LE PALADIN,

CHANSON-ROMANCE.

Un Paladin, jeune héros,
Aimait une beauté légère;
Le Paladin, toujours dispos,
Chantait l'amour, faisait la guerre.
Amant, soldat et troubadour,
Au Parnasse, au champ de la gloire
On l'admirait. Le seul amour
Arrêtait sa triple victoire.

Fier Paladin, gai troubadour,
Jeune amoureux des plus fidèles,
Devraient triompher chaque jour
De leurs rivaux et de leurs belles.
Du Paladin, les doux égards
Sur sa dame n'ont d'influence :
L'Amour avec Phœbus et Mars .
N'est pas toujours d'intelligence.

Le Paladin, en gémissant,
Se jette aux pieds de son amante;
Les yeux éteints, d'un ton touchant
Il lui peint sa flamme constante.
La belle rit. Dans son ennui,
Le bon Paladin se désole...
Erreur ! Les sots, comme aujourd'hui,
Jadis charmaient femme frivole.

Le Paladin croit s'exempter,
En fuyant, du trait qui le blesse ;
En poëte il voudrait chanter,
Et ses sujets sont sa maîtresse :
On aime le chant des amans ;
Mais les langueurs sont indiscrètes :
Diversité dans tous les temps,
Fut la devise des poètes.

Vaincu dans les jeux de l'esprit,
Le Paladin l'est chez Bellone ;
Bientôt la douleur le flétrit ;
A ses chagrins il s'abandonne.
Grands dieux ! pourquoi donc ce malheur ?
Le Paladin était si brave…!
L'homme est grand s'il dompte son cœur,
Et s'il lui cède il est esclave.

Le Paladin se sent mourir
De se voir loin de son amie.
Mais l'imprudent semble chérir
Et sa honte et sa triste vie.
Vous qui pouvez choisir encor,
Vous devez voir, en homme sage,
Dans femme sensée un trésor,
Le malheur dans femme volage.

EPIGRAMME.

LE GASTRONOME.

Après un grand dîner, monsieur de Richenterre
D'objets fort importans semble préoccupé.
Quelqu'un lui dit :. Eh bien ! n'êtes-vous point frappé
Des prodiges nombreux qu'en ce siècle on voit faire ?
Lors de son ventre plein tirant un gros soupir,
Sans toutefois montrer ni peine ni plaisir,
Moi, monsieur ? répond-il, point du tout, je digère.

EPIGRAMME.

SUR UN PETIT HOMME D'ÉTAT,

MAUVAIS HARANGUEUR.

Vacuus qui nous fait un thême en trois façons
D'écrire sans penser donnerait des leçons.
Sous un règne où chacun est remis à sa place,
Oh! que n'est-il préfet....! J'entends préfet de classe.

L'ART DE PLAIRE

AU XIXe. SIÈCLE,

CONTE.

Pour se faire aimer d'une belle,
Il faut débuter auprès d'elle
Par un discours extravagant ;
Sans y penser vanter ses grâces,
Lui jurer de suivre ses traces,
Puis, comme un sot, en ricanant,
Avouer qu'on est inconstant.
Lui conter ses folles dépenses,
Prodiguer les impertinences,
L'injurier d'un ton badin,
S'honorer d'être libertin,
Bâiller en parlant de morale,
Traiter la vertu de scandale,
Les mœurs de sottises surtout,
Fronder le bon sens et le goût ;
Montrer un air de suffisance,
Toucher sa huppe avec aisance,
Etre méprisant et jaloux.....
Et la belle est folle de vous.

LE DISCIPLE
D'UN GRAND MAITRE.

AIR : *Je loge au quatrième étage.*

Si les dieux nous offrent l'image
De leur ineffable bonheur,
Je crois la voir dans le partage
D'un intrépide et gai buveur :   (*bis.*)
Prenant pour la machine ronde
La table où cent vins sont servis,
Il ne compte dans ce bas monde   } *bis.*
Que des parens, que des amis.

Jamais l'avarice inquiète
Ne pourrait troubler ses repas :
Quand Bacchus échauffe sa tête,
Est-il un trésor qu'il n'ait pas ?   (*bis.*)
D'autres dans une ardeur frivole,
Pour s'enrichir meurent de faim ;
Mais sous ses lois le vieux Pactole   } *bis.*
N'eût roulé que des flots de vin.

Grands diplomates, grands ministres,
Qui des rois creusez le tombeau,
Pour tramer vos complots sinistres,
Il ne faut boire que de l'eau.   (*bis.*)
Mais lorsque le prince l'appelle
Et réclame de prompts secours,
Aussitôt le buveur fidèle   } *bis.*
Offre son trésor et ses jours.

Lourds savans de la Germanie,
Et vous flegmatiques Bretons,
De chanter abjurez l'envie,
Phœbus méprise vos chansons.　　　　(*bis.*)
La vile bière est l'hyppocrène
Où vous abreuvez vos esprits;
Aussi de votre froide veine
Ne sort-il que de froids écrits.　　　　} *bis.*

Une antique et sainte alliance
Unit Bacchus et les neufs sœurs;
Toujours ils comblèrent la France
De leurs généreuses faveurs.　　　　(*bis.*)
Fils du plaisir et de la gloire
Français, né pour le premier rang,
Tu sais vaincre, chanter et boire,
Jouir et prodiguer ton sang.　　　　} *bis.*

Si quelque docteur fanatique
Condamnant mon zèle divin,
Me cite, en son humeur gothique,
Contre Bacchus saint Augustin;　　　　(*bis.*)
Qu'il se souvienne que la Grèce,
Séjour des plus sages mortels,
Auprès de ceux de la sagesse
Prit soin d'ériger ses autels.　　　　} *bis.*

EPIGRAMME.

LA BROUILLERIE AMOUREUSE.

Eloignez-vous, monsieur. — J'obéis, inhumaine.
— Ne me revoyez plus. — Ne pensez plus à moi.
— Vous m'êtes odieux. — Je vous quitte sans peine.
— Je vous hais à la mort. — Moi, je brise ma chaîne,
Je suis libre et content. — Fuyez, homme sans foi ;
Je ne vous aimai point. — Je feignis la tendresse.
— Vous me faites horreur, ensemble terminons.
— Pour toujours ? — Oui, toujours. — S'il est ainsi,
    traîtresse,
Scellons par un baiser ce qu'ici nous jurons.
— Très-volontiers, monsieur. — Oh ! nous nous adorons.

EPIGRAMME.

LA VISITE D'UNE JOLIE FEMME.

Chloris, qui contre moi plaidait sans nul succès,
A vu mon procureur : j'ai perdu mon procès.

EPITRE

A UN HOBEREAU,

(Dont les Fils se sont mésalliés.)

On dit que feu ton ladre père,
Sur la cour et sur le grenier
De ne sais quel propriétaire
Ayant grapillé maint denier,
Devint par ce beau savoir faire
Laboureur de sa propre terre ;
Ce qui d'évêque être meunier
Est précisément le contraire.
Mais ne sachant là s'en tenir,
Songea-t-il pas le pauvre hère
Malgré nature à t'ennoblir ?
Il acheta pour cette affaire
Certaine charge à ne rien faire,
Qu'un roturier pouvait remplir.
Par un terme assez malhonnête,
Le noble jaloux et malin
A désigné cette recette
Qui change en or le vil étain :
Car il l'appelle savonnette
A débarbouiller un vilain.
Or, pour en venir à ma fin,
Est-ce à tort que l'on s'évertue,
Et ne peut-on rire entre soi,
Lorsque tes fils autour de toi,
Suivant une toute autre vue

Que celle du grand père Eloi,
Vont prendre femme à la charrue?
Chose que n'auraient jamais crue
Les gens qui virent le sabat
Qu'on te fit pour tel mariage
Avec fille de mince état :
Honteux écart de ton jeune âge !
Sujet de scandaleux éclat !
Contre les droits de la nature
Ainsi tous nos efforts sont vains :
Géans n'engendrent pas des nains,
Manans n'engendrent que roture
En dépit des beaux parchemins.
Ainsi la même savonnette,
Qui jadis te lava la tête,
Vient de servir entre les mains
De l'époux d'Anne ou de Toinette,
A savonner d'autres vilains.

AMOURS
D'UN TROUBADOUR,
ROMANCE.

Simple Troubadour adorait
Damoiselle jeune et sensible ;
Puissant seigneur la recherchait
Et ne la trouvait qu'inflexible.
Vous qui souffrez du mal d'amour,
Ayez bonheur du Troubadour.

Le Troubadour bien amoureux
Se voit aimé tout comme il aime ;
Amant fidèle, amant heureux,
Il goûte le bonheur suprême.
Vous qui souffrez du mal d'amour,
Aimez comme le Troubadour.

Le Troubadour est assidu ;
Mais il a secrète souffrance ;
Triste, rêveur, sombre, éperdu,
Il pressent du sort l'inconstance.
Vous qui souffrez du mal d'amour,
Tremblez pour le bon Troubadour.

Un jour, accablé de tourmens,
Au sommeil il fait sa prière,
Et le sommeil quelques momens
Vient fermer sa triste paupière.
Vous qui souffrez du mal d'amour
Craignez sommeil du Troubadour.

Il rêve et voit dans ses transports
Auprès de celle qu'il adore,
Ce fier seigneur dont les efforts
Domptent la beauté qui l'implore.
Vous qui souffrez du mal d'amour,
Calmez réveil du Troubadour.

Le Troubadour, plein de terreurs,
S'éveille, s'arme, est chez sa belle.
Tendre amour ! sa belle est en pleurs,
Et son rival sourit près d'elle.
Vous qui souffrez du mal d'amour,
Voyez frémir le Troubadour.

« Vil suborneur, défends tes jours, »
Dit le Troubadour en furie.
Le seigneur tombe... et pour toujours
Le Troubadour venge sa mie.
Vous qui souffrez du mal d'amour,
Ainsi punit un Troubadour.

« Beau Troubadour, mon doux désir
» Etait de vivre en ta puissance ;
» N'ai plus d'honneur ; mais sçai mourir :
» Pleure et garde-moi souvenance... ».
Vous qui souffrez du mal d'amour,
Oh ! consolez le Troubadour.

Le Troubadour veut, mais en vain,
Sauver les jours de sa maîtresse :
Le sang colore son beau sein,
La mort s'avance avec vitesse.
Vous qui souffrez du mal d'amour,
Pleurez avec le Troubadour.

« N'attends pas de faibles regrets ,
» Modèle des plus nobles dames ;
» Toujours blessés des mêmes traits ,
» La mort va réunir nos âmes. »
Vous qui souffrez du mal d'amour,
La mort n'est rien pour Troubadour.

Le Troubadour s'est immolé
Du même fer que son amante ;
Sur leur tombe amour désolé
Ecrivit d'une main tremblante :
Vous qui souffrez du mal d'amour,
Souvenez-vous du Troubadour.

MADRIGAL.

Tu voudrais savoir comment j'aime
Et ma maîtresse et mon ami ,
Laure , ce n'est point à demi.
Juge de ma tendresse extrême
Par cet aveu digne de toi :
J'aime un ami comme moi-même,
Mais je t'aime encor plus que moi.

EPIGRAMME.

LES MAUVAIS VERS EXCELLENS.

Je veux te l'entendre avouer :
Quoi ! sans rougir tu peux louer
Les vers du poète Cléante ?
— Mon ami, sa fille est charmante.

EPIGRAMME.

L'HOMME INTÈGRE.

Chasse le trouble de ma tête....
— A ta pièce je me trouvais.
— Bien. Mais on a dit, on répète
Qu'en applaudissant tu sifflais.
— Je te sifflais comme poète ;
Comme ami, je t'applaudissais.

LE PRÉSAGE,

CONTE.

—

Confiant dans sa destinée,
Certain jeune et novice amant
A se soumettre au joug du sévère hyménée
Se disposait assez gaîment.
Fort simple est ce projet. On voit, suivant l'usage,
S'engager dans le mariage,
Malgré les propos des railleurs,
Le jeune imprudent et le sage,
L'homme constant, l'homme volage
Et parfois, des premiers, les plus malins rieurs.
C'est ainsi que pensait le héros de ma fable.
Son hymen qu'on prépare aura lieu dans deux jours ;
Jusqu'à ce temps, en homme aimable,
L'amant débite beaux discours,
Et pour gages de ses amours
Présente, dans l'espoir de se rendre adorable,
Nombreux joyaux, riches atours
Que l'on reçoit d'un air affable.
La main qui sait donner est toujours agréable.
Mais, selon notre ami, le don le plus charmant
Est celui d'un rosier qu'avec un soin extrême
Il avait cultivé lui-même
Pour l'offrir à propos. L'à-propos justement
Arriva dans la matinée
Où l'heure la plus fortunée

Allait le voir lier à l'objet de ses feux.
L'heure sonne, et l'amant à sa belle présente
Bouton tout près d'éclore, emblême simple, heureux
     Du destin qui comble ses vœux
     En couronnant sa flamme ardente.
Admirant le rosier qu'elle daigne accueillir
     La belle est doucement émue,
Et ses doigts délicats s'avancent pour cueillir
     La fleur qui sait charmer sa vue.
Le galant aussitôt détache le bouton ;
     Mais il se pique. La leçon
     Pour ce moment-là fut perdue.
En ce grave sujet que l'on plaisante ou non,
     Le mariage s'effectue.
L'épouse était jolie, elle avait mille appas ;
Mais dès le lendemain de la plus belle fête,
     Bien certaine de sa conquête,
     La dame au logis fait fracas,
Se montre ce qu'elle est, ce qu'on ne savait pas,
     Jalouse, grondeuse et méchante.
Oh ! oh ! dit le mari dont la tête est prudente,
Ma femme, je le vois, se plaît à disputer,
Et son humeur, vraiment, me semble fort mutine,
Fâcheuse découverte... Il faudra résister...
Résister ? non parbleu, je ferai bonne mine,
     C'est le plus sage à mon avis.
     Le présage était bien précis,
     Il m'apprenait, chose chagrine,
Qu'on ne trouve jamais de rose sans épine.

MADRIGAL.

—

Des envieux et des rivaux
Voudraient, par leurs méchans propos,
Que ma félicité fût un peu moins parfaite.
D'une fureur que rien n'arrête
Contre moi tous sont animés.
Vous demandez, belle indiscrète,
Pourquoi des envieux? Laure, je suis poëte.
Pourquoi mille rivaux? Parce que vous m'aimez.

EPIGRAMME.

—

LA LOUANGE RÉFLÉCHIE.

—

Mon éloge est-il fait? — Oui. — Fort bien, lisez vite.
Deux vers! que louez-vous? — Monsieur, votre mérite.

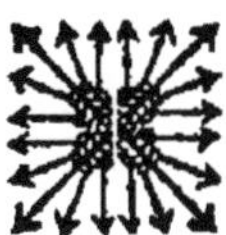

N'Y REGARDEZ PAS
DE SI PRÈS.

———

AIR : *Tenez, moi, je suis un bon homme.*

UN censeur que l'humeur consume,
Récapitulant nos travers,
S'écriait avec amertume,
Humains.... que vous êtes pervers !
Méprisant le commun suffrage,
Vous donnez dans tous les excès....
Ami, lui dis-je, en homme sage,
N'y regardez pas de si près.

Franc raisonneur dans ses systèmes,
Il me dit : Observez ce fat,
Qui de ridicules extrêmes
Se fait dans le monde un état.
Voyez ces femmes infidèles
Briguer les plus honteux succès...
Chut ! dis-je, en parlant de nos belles,
N'y regardez pas de si près.

Voyez ces poëtes sans verve,
Ajoute le censeur fâcheux,
Ils produisent, malgré Minerve,
Des vers insipides comme eux.
Voyez le vice, il tente, il ose,
Et chez les grands il trouve accès.
Comme les grands, dis-je, et pour cause,
N'y regardez pas de si près.

Voyez, poursuivit-il encore,
Ces faux amis, ces vils amans;
Agir comme on se déshonore,
Et vanter leurs purs sentimens.
Remarquez l'immoral vertige
Partout signalant ses progrès....
Pensez autrement, ou, lui dis-je,
N'y regardez pas de si près.

Je m'aperçois qu'en moraliste
Je traite un sujet de chanson;
Je dois être gai; je suis triste,
En chantant, je parle raison.
Que votre bonté me pardonne :
Car, messieurs, je crains les procès....;
Mais jugeant mes vers, ma personne,
N'y regardez pas de si près.

EPIGRAMME.

LE DOUBLE ÉTONNEMENT.

Chloé vient de manquer de foi
A Cliton qui le trouve étrange.
Le plus étrange est, selon moi,
De s'étonner quand femme change.

EPIGRAMME.

L'ÉLOGE IMPOLITIQUE.

En prônant à grand bruit l'esprit de ton ouvrage,
Tu fais comme un poltron qui vante son courage.

EPIGRAMME.

LE DÉBITEUR CRÉANCIER.

Mon cher Carle, sur ma parole,
J'aurais vésoin d'uné pistole
Qué jé t'emprunte sans façon :
Tu sais qu'à rendré jé suis leste.
— Jé ne l'ai pas. — Quoi! tout dé von,
Tu n'as pas un écu? — Si. — Peste!
Jé réconnais lé von garçon.
Donne. Tu mé débras lé reste.

LA JOURNÉE ET L'ANNÉE.

Air : *Belle moitié du genre humain*.

Lorsqu'on dîne passablement,
Lorsque la gaîté brille à table,
Qu'une réunion aimable
En fait le charme et l'ornement,
Je dis : ô la bonne journée !
Et sur-le-champ je fais des vœux,
Pour que le destin généreux
Change la journée en année.

S'il faut vivre avec des lourdauds,
Des méchans, d'ennuyeux poètes,
S'il faut admirer les coquettes,
S'il faut supporter les badauds,   (*bis.*)
Je me plains de ma destinée.
Mais enfin las de m'affliger,
Je demande aux dieux de changer
Le siècle ou l'année en journée.

Près des sots je cède à l'humeur,
Près des fats je sens de la gêne ;
Mais près des femmes, nulle peine,
Toujours plaisir, toujours bonheur.   (*bis.*)
Près de table bien ordonnée,
Quand mes amis sont réunis,
Ma foi, j'oublierais, je le dis,
L'heure, le jour, le mois, l'année.

MADRIGAL.

Je vous le dis avec sincérité,
    Aimable et séduisante Laure,
Je ne vous aime point. Que ma témérité
    Ne vous affecte pas encore :
On n'aime point une divinité,
    On l'adore.

EPIGRAMME.

LA FAUSSE MODESTIE.

Damon se dit un sot. J'ignore son projet ;
Mais il affecte ici ce qu'il est en effet.

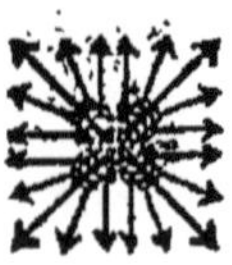

EPIGRAMME
TIRÉE DE L'ANTHOLOGIE.

J'ADMIRE ce cachet où l'enfant Cupidon
Soumet à son caprice un superbe lion.
    D'une main fouettant sa crinière,
De l'autre avec le frein courbant sa tête altière,
    Il mêle à ces terribles jeux
    Je ne sais quoi de gracieux
    Qui me fait trembler davantage.
Lorsqu'on voit du lion le naturel sauvage
    Fléchir sous de si tendres mains,
Pourrions-nous nous flatter, trop faciles humains,
    D'échapper au même esclavage ?

MADRIGAL.

Avisant l'Amour en un coin
Je lui criai : Que fais-tu là, beau sire ?
— Moi ? je te guette. — D'un tel soin
Fort te dispense. — Amour se prit à rire,
Puis ajouta : Je vais dire à Thémire
Que tu la hais. — Oh! traître Amour,
Lui répondis-je, à méchant tour
Reconnais bien ton âme indigne.
Alors Amour me fait un signe.
J'hésite, approche et puis le vois
Tirer un trait de son carquois
Et m'ajuster avec malice.
— Bon bon, lui dis. De cet office
Plus n'est besoin. Ton serviteur,
Messer Amour, sent assez sa douleur ;
Mais si veux lui rendre service
Et faire aussi bonne justice,
Vois Thémire et vise son cœur.

LA MORT D'OSCAR,

POËME.

(IMITATION LIBRE D'OSSIAN.)

NOTICE

SUR OSSIAN.[*]

Ossian descendait par son père de *Trenmor*, premier roi d'Ecosse. *Trenmor*, chef d'une simple tribu, était parvenu à la dignité royale par la sagesse de ses conseils et par l'intrépidité de son courage.

Les Calédoniens étaient divisés en tribus; chaque tribu avait un chef, et chaque chef était indépendant. Le danger commun, à la vérité, les rassemblait en masse; mais la mésintelligence si ordinaire dans les confédérations, l'inexpérience de quelques commandans, et la supériorité des Romains, leurs ennemis, rendirent leurs guerres aussi malheureuses que mal conduites. *Trenmor* fit sentir les conséquences de cette division

---

[*] Cette notice et le poème de la mort d'Oscar ont paru pour la première fois dans un journal en 1809. Je reproduis ici cet opuscule dont le sujet est si touchant que, malgré l'extrême faiblesse de mon imitation, je ne doute pas qu'il n'excite encore un vif intérêt.

funeste, proposa de réunir les forces de la nation, de confier à l'un des chefs la direction générale des troupes, et, afin de prévenir le mécontentement que pourrait causer cette proposition, laissa aux chefs la faculté de commander chacun à leur tour. Tous furent vaincus. *Trenmor* prit le commandement de l'armée et l'ennemi fut défait. Alors, proclamé roi par les tribus victorieuses, il se vit disputer la puissance suprême, par les Druides qui s'opposèrent à ce qu'il eût à perpétuité un pouvoir qu'ils sentaient échapper de leurs mains. *Trenmor* ne pouvant traiter avec ces prêtres factieux, maintint les chefs et détruisit entièrement l'ordre des Druides. Ce coup anéantit le sacerdoce, et les Calédoniens cessèrent d'avoir une religion.

Les Bardes, Druides inférieurs, n'ayant de fonctions que celles de chanter les héros et de louer les dieux, n'étaient point à craindre : ils furent conservés. Ils réhaussaient les exploits des guerriers, éternisaient les belles actions : leur ministère devait être respecté d'un chef sage et sensible à l'honneur militaire.

Disciples des Druides, initiés à leurs mystères, les Bardes, au-dessus du reste de la nation par l'étendue des connaissances, surent se rendre indispensables par l'art qu'ils mirent à pallier les faiblesses de leurs héros, en exaltant leurs vertus et leur bravoure. Associés ainsi à l'existence des grands hommes qui les protégèrent, les Bardes furent révérés, leur personne devint inviolable, leurs louanges furent recherchées : elles excitèrent dans le prince le désir de se surpasser, elles élevèrent l'homme, formèrent le héros, et, comme dit Letourneur* : « Cette exaltation conti- » nuelle forma à la fin le caractère général » de la nation, assemblage heureux de la » valeur fière d'un peuple sauvage et des plus » belles vertus d'une nation civilisée ».

Les Bardes, poètes sous les Druides, et, après la destruction de cet ordre religieux, hérauts annonçant la paix et proclamant la guerre, ambassadeurs, historiens et poètes, s'assemblaient tous les ans dans le palais du roi. Là, ils récitaient leurs poëmes, et le roi jugeait ceux qui méritaient d'être enseignés aux enfans. Mais le poëme qui paraissait à l'occasion d'une victoire ou de la chute d'un

---

* Voyez le discours préliminaire de sa traduction d'Ossian.

guerrier, était de l'Archi-Barde qui ne devait ce titre qu'à l'étendue de ses connaissances et qu'à la supériorité de son génie poétique.

Trenmor, après l'anéantissement des Druides, n'eut plus qu'à se maintenir l'heureux protecteur d'un peuple qui l'adorait. Il mourut, et laissa deux fils : *Tratal*, premier roi de *Marven*, et *Conar*, premier roi d'*Irlande*.

La branche de *Conar* se maintint jusqu'à la cinquième génération. *Cormar*, jeune roi d'*Irlande*, ayant été assassiné par *Caïrbar*, cet usurpateur s'empara du royaume.

Tratal, premier roi de *Morven*, vécut paisible et heureux ; mais *Comhal*, son fils, après un règne rempli de troubles et de vicissitudes, fut dépouillé de ses états et tué dans une bataille par *Morni*, chef de *Strumon*, province au nord-est de l'Ecosse.

Fingal naquit le jour même de la mort de *Comhal*. Elevé dans les camps, *Fingal* se distingua bientôt par une valeur brillante. Son courage, une politique rare, d'heureuses circonstances, tout contribua au succès de ses armes, à l'abaissement de ses rivaux et à l'entière subjection de ses ennemis.

Déjà fameux lorsqu'il reconquit les états de son père, il répandit de plus en plus l'éclat de son nom, se fit redouter des peuples voisins, devint l'arbitre de leurs différens, fut l'appui-du malheureux, le vengeur de l'opprimé, le protecteur du faible, le plus grand roi de l'Ecosse, le digne émule de *Trenmor* et le noble père d'*Ossian*.

Ossian, fils de *Fingal* et de *Roscrana*, première femme de *Fingal*, eut pour frères *Fillan*, *Fergus*, *Ryno*, et pour sœur *Bosmina*, nés de *Clatho*, deuxième épouse de *Fingal*.

Bosmina, *Fillan*, *Fergus* et *Ryno* périrent successivement.

Ossian fit ses premières armes sous *Fingal*; il l'accompagna dans ses dernières expéditions, et chanta ses exploits.

Epris des charmes de la belle *Aldona*, il l'obtint de son frère qu'il remit sur le trône, après lui avoir sauvé la vie. *Oscar*, si célèbre par les regrets d'*Ossian*, fut le seul fruit de cette union.

Oscar, brave et généreux guerrier, épousa *Malvina*, fille de *Toscar*, roi de l'*Ulster*, et peu de temps après fut tué en trahison par *Caïrbar*, roi d'*Ata*, usurpateur de l'*Irlande*.

Cette mort, bientôt suivie de celle du vénérable *Fingal*, mit le désespoir dans le cœur d'*Ossian*. Seul et presqu'étranger dans sa patrie, aveugle et sans asile, *Ossian* n'aurait point survécu à sa famille, à ses amis, si *Malvina*, l'aimable veuve d'*Oscar*, n'eût accompagné ses pas, ne lui eût prodigué les soins les plus affectueux, enfin n'eût cherché à lui rendre supportable une vie que l'infortune lui faisait trouver à charge et dont la vieillesse accroissait encore le poids. *Ossian*, errant dans les montagnes de l'Ecosse, récitait ses poêmes, presque tous adressés à sa généreuse conductrice. Les héros ne l'entendaient plus. Tous avaient succombé, tous reposaient dans la tombe. Le silence le plus morne régnait autour de lui ; et les chants d'*Ossian* auraient à jamais été perdus, si quelques habitans des montagnes n'eussent transmis à leurs enfans le récit des hauts faits de leurs braves et vertueux ancêtres.

LA MORT D'OSCAR,

POÉME.

(IMITATION LIBRE D'OSSIAN.)

SUJET.

Caruth raconte la mort de son fils Oscar, et celle de Dermid, fils de Diaran, son ami.

POÉME.

FILS d'Alpin, qui t'amène en ma sombre demeure ?
Eh quoi ! tu ne fuis point les longs gémissemens,
    Le désespoir du vieux Caruth qui pleure
    L'unique appui de ses jours languissans ?
Le brave, tu le sais, trahi par la victoire
        Vit encor pour la gloire,
        Et ne meurt qu'à demi ;
Mais conçois mes regrets, alors que ma mémoire
Me représente un fils assassin d'un ami.
      Dermid, né magnanime,
Egalait en vertus, en clémence, en bonté
      Oscar dont il devint victime,
      Mais dont l'involontaire crime
Ne pourra s'imputer qu'à leur rivalité.
Ils s'aimaient en héros, et leur mâle courage
      Portait la mort et le carnage

Dans les vastes champs de Morven ;
Tous deux ressemblaient à l'orage,
Qui dans son désastreux passage
Fait rouler les rochers des sommets de l'Arven.
Dargo, jusqu'alors indomptable,
Dargo, le protecteur des rois,
Succomba sous l'effort du couple redoutable :
Son ombre errante et lamentable
Dans l'épaisseur des nuits fait entendre sa voix.
Apprends l'objet de ma tristesse,
Connais l'excès de mes malheurs.
Il reçoit les derniers honneurs,
Soudain une beauté que la douleur oppresse
S'approche du tombeau qu'elle baigne de pleurs :
De Dargo c'est la fille, et cette enchanteresse,
De son père, à ses pieds, enchaîne les vainqueurs.
Fils d'Alpin ! elle était, dans sa douleur mortelle,
Peut-être encor plus belle
Que ne parut jamais, sous la voûte des cieux,
De la reine des nuits l'éclat majestueux.
Son œil brillait comme l'étoile ;
De son sein un pudique voile
Laissait apercevoir le contour gracieux.
L'effet de la foudre rapide,
Au moment qu'elle atteint l'audacieux chasseur,
Est moins prompt qu'un regard timide
De la jeune beauté dont l'air plein de douceur
Triompha des héros et rendit homicide
La plus noble valeur.
Mais cette belle, à son tour agitée,
A ressenti l'amour qu'elle inspirait.
Dermid espère en vain, sa flamme est rejetée.
Il voulait s'éloigner, déjà même il fuyait ;
Il rencontre mon fils, aussitôt il s'écrie :

« On t'aime seul, Oscar, on me hait pour la vie :
   » On méprise de vains soupirs,
» Frappe, cède au plutôt à mes fougueux désirs ;
» Dans mon sang malheureux éteins la jalousie. »
— Oscar être assassin ! oses-tu le penser ? —
« Non, répondit Dermid, peut-on être coupable,
» En répandant le sang que l'on a dû verser ;
» Craindrais-tu, m'arrachant une vie haïssable,
   » De mettre un terme à tant de maux ? »

A peine il avait dit, une lutte funeste
   S'engage entre ces deux héros.
En proie à la fureur que leur âme déteste,
   Long-temps frappés de coups égaux,
Ils semblent ne pouvoir cesser d'être rivaux.
Mais le dernier instant, l'instant fatal s'écoule,
   Le fils de Diaran
Chancelle et dans sa chute imite un roc qui croule
   Précipité par l'ouragan.
Au même instant le ciel se couvre de nuages,
La foudre a retenti, le vainqueur de Dargo
   Voit se déchaîner les orages,
   La mer s'entr'ouvrir aux naufrages,
Et de torrens impurs inonder le Branno.
Dans ce désordre affreux, en horreur à lui-même,
   Mon fils s'éloigne épouvanté ;
   Auprès de la beauté qu'il aime
   Il cherche un lieu de sûreté.
Du sort qui le poursuit, ô rigueur trop extrême !
Le remords vient, l'embrasse et reste à son côté.

« Approche cher Oscar, tu parais agité....
» Tu détournes la vue... Espère-tu, barbare,
» M'offrir un cœur d'airain pour un cœur tout d'amour ?
   » Pardonne, ma raison s'égare :
» Je ne devrais penser qu'au bonheur du retour. »

— O Fille de Dargo ! nulle autre ne m'est chère ,
Mais connais mon secret : puisse un aveu sincère
Dissiper mes ennuis et calmer mes terreurs !
      Jadis on vantait mon adresse ,
      Car j'atteignais avec justesse
Le but qu'on opposait à mes traits destructeurs.
Ce matin, dès l'aurore, en vain seul je m'exerce :
Mon bras, mon faible bras a cessé d'être sûr ,
Et chaque trait lancé dans les airs se disperse ;
      Aucun d'eux ne renverse
L'énorme bouclier du farouche Gourmur. —
      « Il faut, s'écria cette belle ,
» Il faut que je répare un revers attérant.
» Mon bras lance le dard, mon bras n'est point tremblant,
» Mon bras saura percer une armure rebelle. »
Saisissant avec feu le plus robuste trait ,
Elle vole aussitôt ; mais Oscar la devance,
      Et replace en silence
Ce bouclier, le prix du plus glorieux fait.
— Ombre de mon ami, de la voûte azurée
Contemple ton Oscar prêt à perdre le jour.
Celle qui l'enflamma, dans sa main assurée
Balance l'heureux trait dont la pointe acérée
En atteignant son cœur éteindra son amour. —
Il dit. Le bouclier le soustrait à son tour.
      Bientôt par un léger murmure
Le héros averti dirige ses regards :
C'est son amante, hélas ! Il observe, il s'assure ;
C'est elle qui déjà fait resplendir les dards.
Pardonne mes sanglots ! cette belle empressée
Prend un trait, le dirige, il part, siffle et soudain
Le bouclier fléchit. Le héros dans son sein
      Reçoit la flèche envenimée ,
Et tombe en bénissant et le trait et la main
      Qui terminent sa destinée.

La fille de Dargo reconnaît son malheur.
Elle avance... O regrets... O fatale entrevue!
Son amant expirant, étendu sans couleur,
Lui montre avec effort la flèche qui le tue :
Elle frémit... Bientôt à cette horrible vue,
Elle arrache le fer et le plonge en son cœur.

Ils reposent tous trois à l'ombre solitaire
    D'un vert et mobile bouleau.
Près de ce lieu serpente un ruisseau salutaire
    Qui le rafraîchit de son eau.
Alors que le soleil a fourni sa carrière,
    Je viens pleurer sur leur tombeau.

FIN.

TABLE.

———

POÉSIES DIVERSES.

	Pages.
Ode sur la mort de Bernardin de St.-Pierre.	25.
Epître à M. Denne-Baron.	27.
Conte ; le Laurier	29.
Ode anacréontique ; le Songe	31.
Conte ; l'Indifférence	33.
Epître à madame M. D.	36.
Ode anacréontique ; l'Hymen	38.
Stances sur la rose.	40.
Elégie aux mânes de mon Epouse	41.
Ode sur le bon emploi du temps.	43.
Héroïde ; Ariane à Thésée.	45.
Epître à un jeune poète de province	48.
Elégie à mes Enfans.	54.
Ode ; l'Amour des Muses.	56.
Epître à M. Vigée.	59.
Conte ; l'Avis de Lucas.	61.
Souhaits pour la nouvelle année	63.
Chanson-Romance ; le Paladin	65.
Epigramme ; le Gastronome	67.
Epigramme sur un petit homme d'état.	id.
Conte ; l'Art de plaire au 19e. siècle	68.
Chanson ; le Disciple d'un grand maître	69.
Epigramme ; la Brouillerie amoureuse.	71.
Epigramme ; la Visite d'une jolie femme.	id.
Epître à un Hobereau.	72.
Romance ; Amours d'un troubadour	74.
Madrigal ; Tu voudrais savoir comment j'aime.	76.
Epigramme ; les mauvais Vers excellens.	77.
Epigramme ; l'Homme intègre.	id.
Conte ; le Présage.	78.
Madrigal ; des Envieux et des Rivaux	80.

FIN DE LA TABLE.

St.-QUENTIN.

IMPRIMERIE DE MOUREAU FILS,

LIBRAIRE-IMPRIMEUR DU ROI.

www.ingramcontent.com/pod-product-compliance
Ingram Content Group UK Ltd.
Pitfield, Milton Keynes, MK11 3LW, UK
UKHW020928140726
13695UKWH00003B/1037